落番與軍眷

陸軍副司令黃奕炳的金門故事

黃奕炳、王素真　著

【推薦序】落番與軍眷的「思源第」家族，「正港大元寶」！

建築師　許育鳴

對於一位開業近二十年的建築師而言，能夠獲得委託者的支持和信任，是執業上莫大的幸福。更幸運的是，在建案規劃設計與興建構築過程中，結識業主，深深領受到黃委員與黃將軍父子為人的誠篤樸實、和善敦厚、謙謙君子風範，致使華洋融合的閩南洋樓「思源第」得以圓滿竣工展新姿。而今堂屋新構之際，黃將軍伉儷合著《落番與軍眷——陸軍副司令黃奕炳的金門故事》一書付梓，這黃氏兩代落番經商與從軍報國的家族生命故事，內容豐富而感人，引人入勝又發人深省，與「思源第」正可兩相輝映，個人有幸先睹為快，展讀歡喜之餘，不揣淺陋，特為文推薦：人如其屋，黃將軍伉儷和「思源第」一樣棒，一樣有內涵！值得細細品味。

「思源第」業主黃奕炳將軍和夫人王素真老師事親至孝，為感念至親落番奮鬥的艱辛與茹苦含辛的培育之恩，而有籌建「思源第」之思，以彰顯前人艱苦卓越且刻骨銘心的奮發精神。《落番與軍眷》寫的就是「思源第」家族的故事，黃委員年少落番出洋，黃將軍投筆從戎，兩代都卓然有成，卻又內斂自持，謙沖自牧，文字間流露著黃氏家庭的和睦幸福，令人欽羨，那是他們經過許多努力換來的。

《落番與軍眷》書中，主要敘述先人面對艱難時的生活態度，文字雋永，敘述流暢，併以文學的方式，烘托出系列「黃氏家族史」，是以血淚交織而成的故事，卻也綻放出人性光輝，足以成為後輩的深思典範。例如：「粗桶箍」提及黃將軍祖母李看女士的懿德典範，突破困境，隻手撐起食指浩繁的六子五女一家子，凝聚家庭向心力；Wijaya黃章掘先生的寬宏大度，開啟了後代宗族家風—慈心、大器和包容的特色；黃將軍大姊「玉仔」黃彩華女士有情有義，「精工石英錶」發人深省，寓意深刻，「愛」與關懷，往往發現於形象之後。另外，文字裡對黃將軍成長過程，也有深刻的剝層「解密」，既有歡笑、亦多磨難，惟艱難中愈見其卓越，「傻瓜仔」的阿甘精神，衍生出絕妙有趣的際遇，造就了來自金門的「中華民國陸軍副司令」！

黃將軍的撰文，行文真切，能令讀者感同身受，且閱之動容，發人深省。例如：為其父親人生末程，努力返金之歸途，突破萬難，亟欲達成父親落土歸根之心願，文至「……專機終於順利抵達尚義機場，在父親耳邊……」閱讀至此，不忍卒讀，不禁令人盈眶。「思源」之意，或許在你、我定義不同。但生根落地的成長背景，乃至於融合時代的歷史背景，先人們在歷史的洪流中，或許不能控制，但從人物中得到啟發，以「雀榕」的堅韌、法「白水木」的謙遜，從善如流，予人歡喜、予人信心，影響人於無形，確是我們可以努力的境地。

黃將軍夫人——王老師，本來即是位豁達開朗的人，處世不虛華，常予人適度安慰，且沒壓力。其「親子」章節，趣味橫生，常自我幽默嘲諷，化解問題於無形，在現今教養問題嚴重的社會裡，無異是現今爸媽們的參考良範。「軍眷」章節，以貼身觀察、親身感受，寫出軍眷生活的點滴，酸甜苦辣盡在其中，見微知著，既可增進對軍人的理解，更添幾分敬意。

記得在規劃「思源第」時，黃將軍曾指示，建築乃百年基業，要固若磐石，堅實可倚靠。果真「人如其屋，屋如其人」，沉穩篤實，大有可觀也。最後，以新生代的承續：「港元」、「大寶」的結合，取其字義—「正港大元寶」，期許

「落番與軍眷」的年輕世代，思源第家族「正港大元寶」！世代昌盛能彰顯紫雲衍派，榮顯黃氏宗親。

許育鳴謹識
民國一〇四年八月

【附錄】閩南厝與番仔樓的經典結合——「思源第」建築規劃說明

建築師　許育鳴

榮湖畔上所呈現的「思源第」，位於歷史建築「黃卓彬古洋樓」旁，為顯現聚落發展之紋理，並思考如何串聯古今，如何兼顧金門、南洋之室內、外風格整體表現，則是設計思考的主軸。

「思源第」的建築外型取「番仔樓」和「閩南厝」融合為一體。外觀素材，以反映黃將軍賢伉儷樸質典雅性格，選以清水素面磚，取代花俏之仿煙燻紋燕尾

磚。表層灰泥粉刷亦在四種灰色層次中，挑選出符合古典歷史年齡的配比。

室內的呈現，一樓展出「落番」年代，金門、印尼兩地的歷史痕記。黑色天花搭襯熱情橘紅吊板，沈思中，略帶火熱南洋氣候。孝親房居一樓後方，目的為方便長者平移動線。二樓為「當代」居家設計，有華洋合一的現代藝術與生活品味呈現，典雅素樸、低調的奢華。

三樓採取金門「傳統」廳堂之設計，遵循古老營建禁忌，諸如「見白」、「咬劍」、「左右對稱堵」、「壽堂后」等。二側置有現代化太師座椅，背後牆上則可懸置醒世家訓。

在這世代建屋造樓，除了反映主人的見識、財力外，也是對子孫的期許。這故事館是有靈性的，期待後代能用心解讀。在此交會整合的作品中，蘊有古老的內涵，這或許就是老一輩所說的「厝成家成」！

【自序】汝為吾家人，應知吾家事

黃奕炳

從前我是一個糾糾武夫，現在則是退伍榮民，從來就不是作家，簽稿文書、軍事論述或可入眼，一般寫作實非所長，如今因緣際會，竟也結集出書，我不敢以作家自居，只是個紀錄家族落番史實與家族故事的寫者罷了。感謝秀威資訊科技謬愛代為出版，這不僅是我的家族故事，也是大時代的小縮影，一個金門家族落番與軍眷家庭生活的剪影，有機會與眾親友及讀者分享，十分榮幸。

十幾年前，大哥奕展寄來一本《黃氏浯洲汶水華房族譜稿》，我除翻閱近幾代的部分，餘因軍務倥傯，根本無暇展讀。民國一〇二年夏，我解甲歸田，前四個月賦閒在家，乃將書櫃塵封已久的族譜取出，逐頁細加研讀。族譜對歷代祖先記載繁簡不一，但先人奮鬥的史實歷歷在目，尤其是清末民初族人前仆後繼落番謀生，其過程出生入死、艱苦備嘗，血淚交織，讀之令人動容，遂隨手筆記要點，讀後彙整成文，藉供備忘。

此外，奉家父（二叔）章掘先生叮囑，返鄉籌建家族故事館，兩年前該館順利動工，希望建構一個海內外族人回歸的磁極，但硬體易得，家族史料文物難尋。我深知：缺乏故事流傳的紀念館，僅是一棟沒有生命與靈魂的冰冷建築，為了充實故事館內涵，個人謹就記憶所及，將一些家族長輩的軼聞往事略作耙疏，訴諸文字，希望拋磚引玉，鼓勵其他家人為故事館的軟體，提供更多素材，豐富陳展的內容；更盼望兒孫等後輩，能永懷先人努力不懈、犧牲奉獻的事蹟，見賢思齊，激發冒險犯難、經略四方的宏觀遠識和志向，無忝所生。

今年家族故事館「思源第」落成在即，本書也結集出版，是家族史料紀錄，更是一分深深的期盼，希望晚輩幼小「汝為吾家人，應知吾家事」，莫忘祖德宗功；一般讀者亦能從中品味出前人落番的艱困與生命韌性，還有當代軍眷家庭點滴滋味，我們人人都在為自己書寫生命故事，祈願汶浦水岸黃家族運昌旺，歲歲年年，歲月安泰。

【自序】何止於米，相期以茶！

王素真

今年適逢公公八八米壽華誕，我早就訂好機票，準備飛雅加達一趟，但要帶什麼去表示祝福呢？

正巧出發前幾日小叔與弟妹傳來短訊，公公的精力湯告罄需補貨，我趕緊去採買空運為先，這是「口惠」的生日小禮；至於「實體」的生日大禮，就是「思源第」的鳩工興建完竣，我們的家族故事館終於完成。

公公八八米壽，我和先生十分感恩，日日敬謹惜福，早晚祈祝父親大人康泰吉祥，老人家體健安康，就以「何止於米，相期以茶」作為祝壽賀辭，祝福公公。

自古祝壽賀辭有米壽、茶壽之說，米壽：指八十八歲，因「米」字形似八十八。茶壽：若將「茶」字拆解，草字頭可以解釋為雙十（二十），下半部則可拆為八十八，二十加上八十八就是一百零八。故而一百零八歲也稱茶壽，「何止於

米，相期以茶」即是祝賀老人家長壽到一百零八歲。

我要大聲的說：親愛的爸爸，生日快樂！「何止於米，相期以茶」！我們不只祝賀爸爸八八歲米壽，更期望在爸爸一百零八歲茶壽時，全家還要在金門「思源第」歡聚相會，一起談天說地，說著家族老故事。謹以此「思源第」家族故事的家庭書寫《落番與軍眷》，敬祝肖龍的爸爸康泰福吉，龍騰剛健，我們相約「何止於米・相期以茶」！

目次

輯一、落番

輯二、人物

輯三、親子

輯四、軍眷

附錄

輯一

落番

金門島，太武山下、榮湖畔，汶浦黃氏大宅門。
這兒有世世代代落番的傳奇，血淚交織，驚濤駭浪。
小媳婦嫁入大宅門，如今多年媳婦熬成婆，
且聽阿嬤說故事，紫雲衍派落番故事，開講！
說當年啊，六亡三在一回頭……

我家的「落番」史
——四海之內皆兄弟

「落番」是什麼？這詞兒金門人常掛嘴上，金門號稱「僑鄉」，幾乎家家都有親族在海外，從以前到現在，都稱那些到海外奮鬥的親人是「出洋」，或「落番」，「番」是異邦，並無貶抑之意。「落番」即「下南洋、到異邦」之意。

金門因土地貧瘠，民生艱困，為謀更好出路，改善家庭經濟，數百年來許多先民便從金門坐船到廈門，再輾轉到新加坡、菲律賓、馬來西亞、汶萊、印尼等地闖蕩天下，早期金門人稱經由這條海路離鄉叫**「出洋」**，也叫**「落番」**。

六亡三在一回頭

「落番」是條血淚斑斑的辛酸路，早年，一「出洋」離鄉，生離幾乎就等於死別！登船遠行，在航程中，若有人生病，就被丟入海活活淹死，以免連累同船鄉親；經數十日的海上漂泊，有幸遠度惡水、終抵南洋，在異邦打工、做「苦力」，艱辛度日，因意外、因疾病而亡故者更多，只是鄉關迢迢，舉目無親，誰人垂憐！因此，金門人就流傳著**「六亡三在一回頭」**的俗諺，意即赴南洋謀生者十人當中有六個客死異鄉，三個能在當地落地生根，只有一個回歸故里。「落番」之路，崎嶇難行，生死難卜，處處是生命的挑戰，如今聽來，倍覺辛酸。

當然，「落番」是個冒險犯難的人生重大抉擇，但為改善家計，也只好毅然決然踏上此途。「六亡三在一回頭」，那些個到達番邦存活者，都是咬緊牙努力工作寄僑匯返家，有人在外奮鬥有成，甚至能夠榮歸故鄉，起造洋樓，庇蔭家族，光宗耀祖，那就是祖上有德，無限感恩了。

我家公公也是年少就「落番」到南洋，白手起家創業有成。我常聽公公講故事，家族高祖良踏公、良研公，也都是出洋奮鬥，在印尼蘇門達臘島上的石叻班讓（Selat Panjang）謀生創業，其墓地至今仍在當地，其後裔親族也都僑居印尼各地。按家族「……良、熙、卓、章、奕、獻、和……」的昭穆排序，我們是高祖良踏公、良研公的五世孫，現在翻修過的金門舊雙落老宅子，就是兩位高祖兄弟在清同治五年（一八六六）寄錢回來買地起造的呢。所以，這麼說來，我們家族子弟血液裡可都流著「落番」的冒險因子，至少這兩百年來，沒有中斷過！

四海之內皆兄弟

就我所知，公公兄弟四人，兒孫在國內的各在金門、臺北、桃園、臺中、高雄發展，海外則在新加坡與印尼雅加達、峇淡；公公五個姊姊，也就是我們的姑姑，出嫁後定居於新加坡、馬來西亞新山、對岸廈門、金門與臺灣，所以我們的表兄弟姊妹散居星、馬、印、臺與大陸，真是名符其實的「**四海之內皆兄弟**」。

親族遍及星、馬、印、臺海兩岸，我們處處都有家人。目前我們家大寶女兒留美十多年，博士畢業後也是滯美不歸，留下來結婚、就業、定居，美國可算是我們家另一個落腳點；我家先生是國中畢業十五歲來臺，上高中、讀官校，在臺北成家立業，投身軍旅四十餘載，駐留臺灣的時間遠超過金門的童年歲月，臺北當然是我們家的重鎮；而公公年少出洋，在印尼闖蕩天下，現在先生的弟弟妹妹接掌家族營生，長駐新加坡與印尼，我們彼此間往來密切，星、印自然也是我們家庭聚會與停駐的重鎮所在，逢年過節或做壽慶賀，一定是跟著老人家跑的啦。至於老家金門呢？我們三代都「落番」，出洋到星、印與臺、美，故鄉迢遠，將來孩子們還是有必要「飲水思源」，知道自己的根源在哪兒，所以，我們就回金門蓋個洋樓「思源第」吧！以後大家返鄉在「思源第」把酒品茗，就多個「自家落番故事」可以述說了。

「紫雲衍派」到底是哪一派？

黃氏探源

「紫氣蒸騰和風暢，雲霞壯麗瑞靄欣」，咱們金門後浦頭老家整個村子，家家戶戶屋宇外牆頂上都鐫刻著「紫雲衍派」四個大字，正廳門口兩側對聯也常見鑲有「紫雲」的對聯，「紫氣蒸騰和風暢，雲霞壯麗瑞靄欣」正是其中之一。究竟「紫雲衍派」是哪一門？哪一派？

作為黃家媳婦，我自訂的媳婦守則裡早就認知到：一定要熟諳家族歷史掌故，融入家族，認同家族。所以，認識黃家，就從「紫雲衍派」黃氏探源，由氏族的尋根開始吧。

黃家：瀛姓黃氏是黃帝後裔

黃氏是中國古老姓氏之一，百家姓排名第八，是黃帝軒轅氏的後裔炎黃子孫，其源起可溯源自遠古帝舜時代。宋朝鄭樵《通志．氏族略》記載：「黃氏，瀛姓，受封於黃，今光州定城西十二里有黃國（今河南潢川）。後為楚所滅，子孫以國為氏。」因此，我們黃氏是炎黃子孫，無庸置疑。

漢代史家司馬遷的《史記》書中，把黃帝、顓頊、帝嚳、堯、舜，五人合稱「五帝」。據傳說，黃帝活到一百五十二歲。那年，他離開首都，到橋山這個地方鑄鼎，鼎是一種巨大的鍋子，等到大鼎鑄成時，天忽然開了，降下一條黃龍，載著黃帝與他的隨從昇天去了。後來的人把黃帝留下來的衣服埋在橋山之下，就是現在陝西省黃陵縣的黃帝衣冠塚。

繼黃帝當天子的是少昊，黃帝的兒子。少昊逝世，他的侄兒顓頊繼位，是五帝的第二位。顓頊似乎不太關心民間疾苦，因為我們在史書中，還找不到他關心百姓的事實，但根據傳說，他又很注重「禮法」。顓頊逝世，他的姪兒高辛繼位，就是帝嚳，五帝的第三位。帝嚳把國家治理得很好，他瞭解百姓的需求，為人們解決問題，很受天下人民愛戴。帝嚳生了后稷、契、堯、摯等四個兒子，摯和堯直接繼承天子之位，堯是五帝的第四位，而契和后稷則分別是商朝與周朝的始祖。舜是顓頊的七世孫，孝順又勤政愛民，堯禪讓與他，是五帝的第五位。堯舜都是聖主賢君。

黃帝、顓頊、帝嚳、唐堯、虞舜是上古傳說的「五帝」，在帝舜時代，東夷部落首領伯益，是「帝顓頊之苗裔」（顓頊是黃帝軒轅氏的孫子，而伯益是顓頊的後裔），被帝舜賜姓瀛姓；伯益的後裔有十四支，即徐氏、郯氏、莒氏、終黎氏、運奄氏、菟氏、將梁氏、黃氏、江氏、修魚氏、自冥氏、蜚廉氏、秦氏、趙氏，合稱十四氏，其中的黃氏在潢川建立黃國，因此，黃氏都尊伯益為始祖。

遷徙：從中原到閩南

黃氏在河南潢川建立黃國，是帝舜時代伯益的後裔，經過夏商周三代，到了東周戰國時期，黃姓族史上出了一個重要人物——黃歇，他是黃國貴族的後代，仕楚，任楚相，被封為春申君，是著名的「戰國四公子」之一。春申君的封地最早在潢川，後來改封於吳，黃歇遇難之後，子孫就遷到了江夏。因此江夏郡（今湖北武漢一帶）一直是黃氏的發展繁衍中心，黃氏族人也就以「江夏」為郡號。

從河南潢川遷移到湖北江夏，黃姓族人定居在河南、湖北一帶有很長時間，後來何以南遷？根據《閩書》記載：「永嘉二年，中原震盪，衣冠入閩者八族」，八族其中就有黃氏。永嘉之亂發生在西元三一一年，即永嘉五年，匈奴攻陷洛陽、擄走晉懷帝。因此晉朝永嘉之亂，因為戰亂，黃姓入閩避禍，黃氏入居福建，就始於晉代，一千七百年前。

黃氏族譜記載，晉朝時河南光州固始有個黃舜夫，其子黃道隆，避亂由光州入閩，初居仙遊，後居泉州。不久，北方稍微安定，黃道隆又回光州，後來再動亂，他的孫子黃元方就與大批遊民入閩，居於福州烏石山，即今之黃巷。黃元方就是開閩黃氏始祖，曾任晉安太守。

一件袈紗的傳奇：紫雲蓋頂、桑樹獻瑞

黃元方七傳至黃守恭，由福州遷居泉州，已經是唐朝了。泉州黃守恭是地方巨富，名聞遐邇，人稱黃長者，一生樂善好施。黃守恭最著名的故事就是「獻桑園宅建開元寺」，亦即「紫雲衍派」的由來。

《泉州府志》、《開元寺志》、《晉江縣誌》與《八閩通志》都有記載：「黃守恭舍桑園建寺」。唐高宗垂拱二年（西元六八六年）泉州黃守恭富甲一方，桑園周圍有七華里。當時有高僧匡護，俗姓丘，常來傳播佛教，屢次登門乞求獻地建寺，匡護說：「老衲所求不多也不少，一件袈紗大小足矣。」

黃守恭心想：「禪師莫非戲言，一袈紗地如何建寺院？」就先應允了。結果，匡護禪師解下身上袈紗，向空中一拋，袈紗不偏不倚正好把天上日頭全罩住，地上現出一大片袈紗影子，方圓足足把黃守恭的田園廬舍全都罩在袈紗影內。

黃守恭不好反悔，於是推辭說：「待桑樹生蓮花乃可耳。」匡護喜謝，忽然就失去蹤影。過二日，黃守恭的桑園裡桑樹竟然盡生蓮花，桑樹生白蓮的神蹟，讓黃守恭就此捨園建寺，建大悲閣及正殿，賜額「蓮花寺」，並請匡護擔任住持。又在建殿時，嘗有紫雲覆頂，故又名「紫雲寺」。到唐玄宗時，更名「開元寺」，沿用至今。因「桑樹獻瑞」與「紫雲蓋頂」的祥瑞之兆，黃守恭捐地建寺，傳為美談。

紫雲衍派黃家：五子分五安、相聚莫忘認祖詩

黃守恭獻宅建寺後，事業更加興旺發達，家族興旺，後為子孫後代長遠發展計，若要子孫世世繁盛熾昌，應該鼓勵他們分頭發展，隨處開基立業，不可株守泉城，吃祖宗現成飯。

於是黃守恭召集五個兒子：黃經、黃紀、黃綱、黃綸、黃緯，說明用意，讓他們遷居到同安、惠安、安溪、南安、詔安等地，長子黃經居南安，次子黃紀居惠安，三子黃綱居安溪，四子

黃綸居同安，五子黃緯居詔安，故有「五子分五安」之說，稱為「**五安黃**」。

為讓子孫開拓發展，黃守恭遣五子分居五安時，作了一首「示兒詩」以便後代子孫認親：

> 駿馬登程往異方，任從隨處立綱常。汝居外境猶吾境，身在他鄉即故鄉。
> 朝夕勿忘親命語，晨昏須薦祖宗香。蒼天有眼長垂祐，庇我兒孫總熾昌。

唐朝迄今，歷經一千三百餘年，如今紫雲後裔播遷閩、浙、贛、粵、港、澳、臺多地，並僑居海外星、馬、泰、菲、印尼、汶來、紐、澳、歐、美等地，開枝散葉，瓜瓞綿長。紫雲黃氏子孫歷代科第聯芳，管纓顯宦、名賢博士、商賈富豪，人才輩出，遍及海內外，每當回鄉尋根認祖，大家見面時總要念出「認祖詩」，以此詩作為認祖聯親的憑據，也成為宗親尋根特有禮俗。

我們後浦頭黃家，是來自同安黃綸的後裔，約在六百年前明朝時期，由福建同安來到金門，我們「奕」字輩正是遷徙金門的廷講公第十九世孫。現今在金門的後水頭、後浦頭、前水頭、西園、官澳、東店、英坑等村子，都是「紫雲五安」黃氏子孫。「五安黃」都是黃守恭後裔，源於紫雲籠罩之瑞，故「五安黃」黃氏都自稱「紫雲衍派」。

現在我們到泉州參觀開元寺，猶可見老態龍鍾的古桑，大可合抱，樹頭主幹已裂為三叉，古幹龍盤，被視為珍貴文物保存著，開元寺殿中有匡護禪師坐像奉祀著，檀樾祠裡也祭祀著捐地建寺的黃守恭，那即是黃氏「紫雲衍派」的源起。

水有源，樹有根，黃家紫雲衍派來自泉州開元寺，可是宗功祖德，名門正派，源遠流長呢。

我家公公出洋記

二〇一一年初，金門國家公園出資一千五百萬，請導演唐振瑜執導，費時一年餘拍攝紀錄片《落番》，內容是以馬來西亞金門鄉僑耆宿為訪談對象，紀錄金門人到大馬奮鬥的血淚故事，淚眼婆娑，人事滄桑，許多辛酸與無奈在其中，三月在馬來西亞首映，極為轟動，接著五月又在臺北電影節獲獎，知聞者都頗為感動，這是一篇篇大時代裡遷徙奮鬥求生存的故事。

這年暑假金門縣政府又派了支採訪隊伍到印尼諸地，繼續做「落番」系列的「僑鄉文化巡禮」，公公年少出洋，事業有成，又熱心公益，回饋桑梓，關懷鄉土，當然也在受訪之列，而且公公向來行事謹慎又貼心，訪談完成後，他生恐短時間對談，疏漏難免，特地自己整理了一份訪問記錄文字稿，越洋傳真來要我幫忙潤飾補遺，再轉送採訪單位。

我看到公公那一字一句的滿滿三頁傳真手稿，內心激動感佩不已，八十四高齡的老人家，逐字逐句寫著自己六十多年前年少出洋的點滴經歷，看似雲淡風輕，實則驚濤駭浪，深深了解這一切的我，看得內心澎湃又揪心，立即趕工修潤完稿，來回傳真給公公過目定稿，完成交辦的功課。

其實我知道，官方訪談中公公未曾細述，卻常和我們母子閒聊詳述的幾件小事，才是真正賺人熱淚的「大事」！我印象深刻的「小故事」諸如：

公公生於一九二七年，一家大小十來口食指浩繁，經濟困窘，日據時期僅小三就輟學在家幫農助家計。公公說：「約莫十三四歲那年冬天，跟著父親（我們的祖父）到東蕭做莊稼，耕作了大半日，豔陽高照，東蕭伯公喊：『奢哥，奢哥，進來休息一下，喝碗地瓜粥。』那時節，天不亮就出門耕作，又饑又渴，成長中的少年飢腸轆轆，真渴望也能跟著進屋喝粥，沒想到東蕭伯公卻只催促祖父：『他們小孩子較能耐饑，咱們老人較不耐饑，趕快進來。』讓當時的少年仔餓得前胸貼後背，卻又不敢造次討一頓吃喝，好不失望！」公公每回說起這飢餓經驗，總是笑著說：「老人家不懂，其實小孩子才更容易餓呢！」（我的私房評註：與公公做翁媳三十多年，至今每回一起吃飯，都是公公為我們布菜，為我們挑魚揀肉，關心「小孩子」有無餓著？也許就是源於當年的自身經驗吧？尤其是每回我們往返臺北雅加達，要搭飛機回臺時，公公總是幫忙準備大包小包整箱的吃食禮物，還另外打包點心糕粿隨身攜帶，以免途中「嘴空」，讓我們感覺自己幸福滿點，天下無雙了。）

一九三五年後日軍佔領金門，民生益加凋敝，一九四四年日軍徵調各家成年男丁做傜役，公公雖未成年，但因兄長出外經商，便代兄到湖下「綁苦力」，為日軍興建機場，不意那年臘月初祖父遽然病逝，在湖下上工的公公接獲通報，一路從湖下飛奔回後浦頭（横越金門西岸到金東）。公公說：「十來公里路程，朔風烈烈，飛沙走石，十七歲的少年邊哭邊跑，兩小時拚命的奔跑，跑到腿軟、滿臉淚痕與風沙，回到家卻已經來不及了！」說著說著，公公搖頭低歎，強調那「飛沙走石」的情境，我想到的是那個十七歲的少年的喪父之痛，在風中哭泣，痛徹心肺的無助與悲戚，有誰能陪著默默相擁、一同垂淚？（我的私房評註：天命難違，年少喪父，公公卻不怨天、不尤人，他事親至孝，仁孝敦厚，畢生都在幫助兄弟、提攜親族、提振家聲、回饋鄉里。公公最感念其母，也就是我們的祖母，勤儉持家、操持勞動、慈心善德、突破困境、慕德講義，祖母於一九七八年以九十二遐齡仙逝，公公在雅加達家裡餐廳洗手檯牆上就掛著祖母的照片，每回要吃飯，一洗手抬頭就看到，公公思念母親、懷念母親的心，誰人比得上？）

一九四七年，公公徵得祖母同意，準備出洋「落番」另謀出路，以改善家計，便託人辦妥「准字」，公公說：「出國前祖母要求先結婚再出洋，於是提親、結婚匆匆完成，新婚不到一個月，就從金門搭船到廈門，再轉香港、經海口，終抵新加坡，赤手空拳只能做粗重工作謀生。數月後，有堂兄自印尼來星辦貨並認親，受邀前往印尼蘇門答臘的石叻班讓（Selat Panjang）發展，前後在堂兄自營的雜貨店學習並料理店務十年，未支薪。」公公在石叻班讓店中練得一身經商技能，自稱是苦練十年，從記帳、辦貨、銷貨到語文溝通，因工作認真而受倚重，雖幾度想離職總被慰留，最後公公以故鄉戰亂、婆婆南來依親，必須照顧家庭而離職自立。一九五七年公公空手離店，受聘上船任「船主」（就是專業的船長，掌舵、綜理船務），貨船往來港口運輸生活必需品時，公公還反倒常免費提供堂兄家族米糖油鹽等，以為回報。（我的私房評註：公公為人處事誠懇篤實，重情重義，素來為人敬重與信賴。在石叻班讓十年，公公未曾支薪受俸，自承在堂兄店中吃住學習，就是薪給了，而且公公睡在店內，掌理店中帳務，每晚結帳、帳冊與款項放進抽屜，未曾短少出錯，深受信任與倚重。唯堂兄兩兄弟一家店鋪需供養二十多口人，負荷沈重，加以生意未有大發展，公公頗有離開自立之意，一來可減輕堂兄負擔，又可免長久寄人籬下之困，但多次提出均被挽留，直到婆婆由金門來南洋依親，公公才離開石叻班讓，可見公公的惜情重義。甚至，公公十年未支薪、離職也未領分文離職金，反而當船主之後，不時餽贈米糖油鹽等民生必需品給伯公家族，乃至後來邀請伯公子侄到公公雅加達的船務公司任職，或出資讓那些堂兄弟經商等等，公公寬宏大度，一直是抱持著提攜親族、感恩回饋，惜情重義的。）

一九五七年公公開始當數十噸的小船船主，到一九五九年又換到兩百多噸的大船任船主，在蘇門答臘幾個大港埠石叻班讓（Selat Panjang）、望加麗（Bengkalis）、北干峇魯（Pekan Baru）與新加坡間運送樹脂、米糖油鹽等民生物資，信譽良好，生意日佳。後來，一九六二年左右星馬印政治紛爭，斷交停航、交通中斷，一九六三年起改走印尼國內的爪哇、蘇島航線，以維持船務運作。公公說：「當時海上航行靠天吃飯，風浪大，航程備極艱辛。當船主，要保持清醒、掌舵、主持航程，海象不佳時，經常強忍嘔吐不適，一趟航程數日滴米未進，很辛苦。」為了生計，咬牙苦撐，生活的艱辛，可以想見。於是一九六五年公公上岸，在爪哇島的雅加達（Jakarda）成立船務公司，經營民生物資轉運買賣；一九六七年後逐步購買船隻，設置船隊，後來為了擴充營業與船隻維修便利，一九七九年又在峇淡（Batam）設立造船廠，迄今數十年來營運狀況尚稱良好，日進有功，差堪告慰。（我的私房評註：公公一直是很有生意頭腦、很認真的商人，出國旅行也是在考察商機、詢問商情，時時關心國際局勢、經濟趨勢、股票行情與匯率變化。公公經商為人處事以誠信為尚。我兒小多小六十二歲時，阿公就問他：「小多長大要做什麼？如果要做生意，第一要誠，第二要信，有誠信，有誠心有信用，生意才能做長久，否則只能做一次啦。還有，有錢雖然好，會管錢更重要！」像公公這樣的老總裁真是最佳顧問，我就喜歡聽公公講古說人生，充滿智慧，百聽不厭。）

我深知公公勤儉樸實成性，到現在辦公桌上的便條紙，都是每天的日曆紙撕下裁剪而成的；還有公公經常搭飛機往來星、印、臺、金各地，每回都是搭經濟艙，擠那不寬敞的小位置，連小叔也跟著學公公，白天辦完公、深夜才從雅加達搭機到新加坡，再轉機到日本洽公，天亮在機場漱洗完畢就可以去辦事，旅館住宿費都省了。這生意成功的背後，其實有更多的堅忍、自制、刻苦與奮鬥，不為人知。

不過，這麼令人尊崇的長輩，也有可愛靦覥的時刻。二〇〇二年，新加坡婆婆得了老人憂鬱症，我們母子前去探望，那天吃過晚飯，大夥兒圍坐餐桌吃水果，聊著聊著，忽然，婆婆拉起公公的手，來回撫搓著公公手背說：「掘啊，我很思念你，你知道嗎？」（掘，公公名諱。此話用金門話說，是：我真肖念你，你甘知？）一時間，公公愣住了，他把手收回，然後抬頭看看時鐘，說：「時間無早了，好睏了。」那時才夜裡八點多呢，我當晚打電話回臺北，告訴先生：「阿媽今天真情大告白喔！」我想，公公的精彩人生故事，真是說也說不完啦。

且聽老人家自己說故事

僑鄉文化巡禮——黃章掘先生訪談紀錄自述稿，二〇一一年八月十五日金門縣政府文化局僑鄉文化巡禮，唐振瑜導演團隊至印尼訪談，黃章掘先生口述文字稿。

吾民國十七年（西元一九二八年）出生於金門金沙鎮後浦頭村。家父黃卓奢先生，家母李看娘女士，吾家中有五姊一兄二弟，務農為業，家境清寒。一九三五年至一九四五年間，日軍佔領金門，時局混亂，家中經濟愈增困難。吾幼年時，曾於金沙小學就讀，嗣因家境所限，於三年級輟學。在兒時及青少年這段家庭困頓的歲月，兄弟姐妹人口眾多，食指浩繁，全家依靠父母、兄姊及諸弟共同努力，經營農事，以微薄的收入，撐持度過艱苦日子。

在此期間，最受家父看重，亦係家中經濟最大的支柱，是繈褓時即到我家的童養媳，亦即我後來的大嫂張英女士，她任勞任怨，一人身兼數職，無論犁田種地，牽馬駝糞（牛糞馬糞是當年常用的肥料），料理家務，照顧幼弟等等，無事不與，劬勞勤奮，如我們金門人常說的：「既要做查甫，又要做查某」！她的一生，對我們黃家的貢獻最多，也普受鄉里、親友的肯定和讚揚。

一九四四年初，日軍強行徵調金門成年人前往湖下，綁苦力做機場，我十七歲未成年，代兄長前往湖下做工；不意先父一九四四年底病逝，我在工地接獲通知，一路奔跑回家，淚流滿面，十多公里路程，寒風刺骨，飛沙走石，轉回到家已來不及見父親一面！父親過世，家庭經濟益形艱困，一九四五年光復後，吾家家境並未改善，加以家中並無僑匯來源，兄弟人多，如仍困守家鄉，終究不是辦法，出洋另謀出路，或能發展。

一九四七年初，我徵得母親及兄長同意，委請在星洲經商的堂叔卓清先生代為辦理赴星之准證，歷經數月獲得批准，「准字」效期六個月，必須在半年內成行。當時奉母親及兄長命令，要先結婚才可出國，急急忙忙與湖前陳標治女士成婚，結婚不到一個月，即拜別母親大人及兄姐、鄉土，隻身渡海到廈門候船，嗣後經過香港、海口等地，抵達新加坡，還在聖淘沙小島（Sentosa Singapore）

隔離檢疫十餘日，身體健康才獲准入境，後經人介紹在一家餅乾工廠從事粗重工作。

一九四八年在印尼石叻班讓經商的堂兄天成先生來新加坡採購貨物，經他人告知有堂弟由金門故鄉來到星洲謀生，即安排相認。天成堂兄好意希望我與他轉進印尼，到他石叻班讓（Selat Panjang）店中學習經商，我自忖無論在何處都是打工謀生，到親戚處工作，還可多些照應，便答應由堂兄代為申請入印尼之「准」字，數月後辦妥，即於一九四八年五月由新加坡搭船前往石叻班讓，在堂兄店中學習料理生意，包括進貨、銷貨、學記帳等等，夜間請老師學印尼文等等經商技能，苦練十年，在經商與為人處事上均有成長。

唯因石叻班讓一家店鋪須供養兩位堂兄全家二十多口人，食指浩繁，且生意不振，我深感長此以往，徒增堂兄負擔，且長期寄人籬下，亦恐非長久之計，惟有自立自強，才有出路，但每次要求離職另謀他就，總因親情受其挽留。後因戰亂，家鄉不寧靜，髮妻陳標治南來新加坡依夫求生，吾基於責任，必須照顧家庭，最後至一九五七年，在徵得堂兄、堂嫂諒解後，離開任職近十年的工作，雖有不捨，卻也不得不然。

一九五七年自堂兄店中離職後，應朋友邀請到他的貨船擔任「船主」（船長），「船主」負責料理全船一切事務，那艘貨船可以載貨數十噸，航行蘇門答臘島上的石叻班讓（Selat Panjang）、望加麗（Bengkalis）、北矸峇汝（Pekan Baru）等港口，工作尚稱順利，唯船隻太小，業績和發展都非常有限。一九五九年適另一友人擁有兩百多噸大船，欠適當人手料理該船，我即受聘擔任船主一職，這艘大船行駛新加坡與蘇門答臘島，從廖內首府北矸峇汝－望加麗－石叻班讓－新加坡，運銷樹膠、土產出口到新加坡，回程則運銷米糖、民生必需品，在勤奮經營下，航線業績蒸蒸日上，成效日有進步。

不料一九六二年，星馬印政治紛爭，印尼、馬來西亞、新加坡斷交停航，交通、貿易均告中止，只好另起爐灶，一九六三年起我轉航印尼國內航線之爪哇、蘇島等港口，以維持船務之正常運作。當年海上航行，風浪很大，航程艱辛，靠天吃飯壓力極大，但身為船主，必須堅強清醒主持航程，我經常強忍嘔吐不適，一趟航班數日未曾進食。

嗣後為了獨立創業，乃於一九六五年上岸，轉行在雅加達經營土產糖、油、米等民生必需品買賣，並配運至石叻班讓、望加麗、北矸峇汝等地，但因當時船隻有限，配運的工作受制於人，無法如期如數運送到買主手中，在飽嘗受人宰制的痛苦後，深切瞭解如要順利繼續配寄貨物往外島，必須擁有自己的船隻。故於一九六七年開始，逐步購買船隻，除運輸自己的物品，也兼收運送他人的貨物，客源、貨源穩定，運輸工具自己可以控制，客戶的貨品都能如時、如數送達，公司信用良好，營運也逐漸地開展。

擁有自己的船隻，必須定期保養維修。委託他人保修，不僅費用高，而且上架時間也往往無法自行安排，浪費許多人力、物力和時間的資源，我於是興起建置船隻修理廠的意念。此時適逢印尼政府開放峇淡島（Pulau Batam）為免稅工業區，是以一九七九年乘勢在該島向政府租用土地，使用期限30年，到期可再展延，在峇淡（Batam）建造屬於自己的造船及修船廠，嗣後歷經多次的擴充，轉型為可造較大的船隻，亦可維修、保養船隻，多角經營的造船廠。至今公司經營船務運輸，配運各種民生必需品至印尼各島，船務運輸公司有造船廠支撐，後盾堅實，船務運輸公司與造船廠，彼此相輔相成，更有助於營運的正常化。目前船務運輸公司及造船廠等事業，均由小兒小女接手管理，勉能守成，差堪告慰。

個人年少辭別家鄉與親人，渡惡水、過南洋，數十年來，白手起家，雖有風風雨雨，幸得蒼天賜予謀生之路。吾畢生誠信篤實以營生，敬天法祖，不敢忘懷道德仁義，特別感謝先人祖德庇佑，父母之慈善庇蔭，終能使我在印尼有立足之地，對金門故土鄉親之激勵與感召，吾感恩不盡，無以言表！

請問貴姓大名？

我家先生奕炳在「Facebook」上註冊時，我原先給他起名「黃埔」，他為便於辨識，又加列個註記暱名「Wijaya」，許多人滿頭霧水，這「**黃埔Wijaya**」究竟何許人也？原來Wijaya是公公的印尼姓氏，話說從頭，談起這段故事，可是斑斑血淚哪！

公公肖龍，今年二〇一五，高齡八十八，年近九旬矣。當年因金門家鄉土地貧瘠，謀生不易，家中又食指浩繁，公公年少即出洋，另謀出路。公公一九四七到新加坡，次年轉赴印尼石叻班讓（Selat Panjang），學習進貨銷售記帳等營生以及溝通的馬來文，練就一身經商本事，後於一九五七上船任船主（船長），做星、馬、印尼各港埠間的民生物資運輸，到一九六五才上岸在雅加達轉作貿易，算來迄今在海外奮鬥已逾六十載。每每聽公公講起自身的「落番」故事，我總是滿腔澎湃，激動不已，在公公娓娓道來的小故事裡，常蘊含深刻大道理，隱藏著大時代的鮮明印記。……

我：爸爸，我們的印尼姓氏為什麼要叫Wijaya?

公：印尼排華由來已久，在星、馬、印尼間行船，每回到港口入境查核，總是膽戰心驚，偶而借用他人姓名，偶而編派藉口蒙混入關，尤其一九六五星、印獨立前後數年間，抓共產黨、抓間諜、排華整肅、雷厲風行，為了身家性命安全，不得已才入了印尼籍。我自己偷偷想，要用印尼姓氏、不能姓黃，就起個音較接近於「黃」的Wijaya吧（黃，閩南語音Ng，粵語音Wong，潮汕音Wing與Wi相近），而且Wijaya是「勝利（victory）」的意思，象徵光明，很有意義。然後名字也起個和原名「章掘」福建音相近的Putra，意思是「孩子（son）」，聽起來就像家人在喊我的「掘啊」，「掘啊」Putra音相近。……

我聽著不禁眼眶紅了，想像著二十歲的少年拎著包袱遠渡重洋，形單影孤，環境險惡又艱困，赤手空拳隻身在外奮鬥數十年，家人遠隔千山萬水，年復一年的朝朝暮暮日復一日，當公公老人家思鄉想家時，是不是望著牆上祖母的遺照，彷彿聽到老祖母倚閭而望的那聲聲呼喚：「掘啊……掘啊……」呢？

我知道印尼在蘇哈托上臺後，於一九六六年採行同化政策，頒布改名換姓條例，絕大部分的華人為了適應印尼的政治情況，不得不忍痛拋棄自己的華人姓氏，改採印尼文的名字；蘇哈托也不鼓勵使用華文、華語，於是華文學校被關閉、華文店招開始銷聲匿跡、華文報紙相繼停刊、華人政、經社團也先後解散。所以，為了生存，為了自保，公公只得改姓Wijaya了。

我還知道，更可怖的是一九六五年九月三十日印尼發生「九三〇流產政變」之後，蘇哈托開始發起「清共」運動，剿共時間長達五年之久，隨後更引發大規模的排華事件。美國中央情報局曾經把這段時間的印尼稱為「二十世紀最慘的集體謀殺」，估計有五十萬名「左翼分子」被殺，另有六十萬名未經任何審判而被關進牢裡。這其中就有許許多多的華人同胞慘遭屠殺，最驚悚駭人的就是「紅碗事件」。

一九六七年十月，印尼當局將西加里曼丹與馬來西亞交界處一片廣邈的土地劃為剿共「紅線區」，強迫居住其中的華人遷往山口洋、坤甸等都市。尤有甚者，印尼軍方散布謠言，指稱有九名大雅族（印尼高山原住民）的長老被華人殺害，藉以挑撥原本與華人關係不錯，但頭腦卻相當單純的大雅人。當時，報仇心切的大雅人在許多華人住屋前面都放置了盛有雞血或狗血的紅色土碗，做為復仇的記號，任何大雅族人見到紅碗，都有「責任」入屋將裡面的人趕盡殺絕。此即當年排華的「紅碗事件」。

究竟有多少華人在「紅碗事件」中被殺？至今除了「哎呀，太多了」之外，沒有一個人說得出確切的數字。不過，根據一些倖存者的陳述，至少確定有好幾個地方是發生了「屠村」的事。「溝水都變成紅色」、「大雅人殺華人，就像殺雞殺鴨一樣」，可見當時悲慘的情狀。公公說，連我們遠在北矸峇魯（Pekan Baru）的堂伯堂叔宗親，也有慘遭抄家滅族的呢。

我：爸爸，當年環境這麼危險，您怎麼讓金門故鄉親人知道您平安？

公：爸爸都有定期寄「匯銀」回老家，算是報平安吧，每次都請「紅叔」（新加坡的李增紅先生）幫忙，先從印尼轉新加坡，再從新加坡轉香港，最後從香港寄回金門，繞一大圈，免得被查、被搜，而且不能用本名，萬一被誣陷成共產黨就麻煩了。

我：爸爸，您不用本名，用什麼名字呀？

公：本名不能用，印尼名字也不敢用，爸爸就想，那就用阿嬤的姓，我也是古寧頭「李」家的子孫啊，然後自己取名「漢忠」，「李漢忠」這名字用了好多年，直到民民（Yamin我小叔）出世，都還在用。只是，祖母可能每回收到「滙銀」，都搞不懂，怎麼有個不認識的李漢忠老愛寄錢給我？這李漢忠到底是誰？這孩子哪兒來的啊？呵呵呵。

公公呵呵的笑著：「李漢忠」的故事可是爸爸頭一次說出來喔！翻開印尼的華人史，那真是血淚斑斑的一頁滄桑啊。請問貴姓大名？公公的「李漢忠」與「Putra Wijaya」又何嘗不然？

雀榕與白水木

日前接奉四哥奕木來電，略謂母校金沙國中校慶編輯專刊，校長囑咐提供短文乙篇，共襄盛舉。個人從軍三十餘年，簽呈文稿或可入眼，其他文章恐難登大雅之堂，加以公務纏身，本擬婉拒；唯思前想後，畢業四十年，對母校無寸功之報，如秀才人情也慳吝不從，實難以啟齒回絕，唯有勉力為之，若有不妥之處，尚祈母校師長及學弟、妹們見諒。以下謹提供對個人畢生啟示最大的兩則有關「樹」的故事，希望故鄉「母親島的情樹」與異鄉的「白水木」對後進的學弟、學妹在人生的旅程中有所助益與啟發。

奕炳謹記二〇一二年五月

故鄉的樹——雀榕，樹在，人怎麼可以被打敗！

童年的家鄉，童山濯濯，樹木很少。中秋過後，東北季風乍起，沙塵滾滾，尤以我們沙中所在的金東地區，更首當其衝，寒風颯颯、塵土飛揚，鄉親引以為苦，所以金門東半島樹立很多風獅爺，希望能鎮壓風邪。

故鄉有一種樹，樹根蔓生深植，樹冠廣闊，濃蔭翠綠，在蕭瑟的秋冬季節，除了可以抵擋風沙，更給人一種自然無情、生機仍在的鼓舞。這種樹便是榕樹，閩南母語稱之為「情樹」，頗有深意！

榕樹可以適應各種惡劣的環境，在浯島東北角的海邊有它，在太武山之巔更有它堅毅不拔的英姿。國中時遠足，曾赴太湖、榕園參觀，駐足西洪的慰廬，追溯它的歷史，發現一個曾經人文薈萃、人才輩出、號稱「人丁不滿百，京官三十六」的村莊，猖狂的風沙幾乎掩沒了它所有的屋宇，只有屋後一排高聳粗壯的榕樹挽手緊繫，像一列沉默而英勇的戰士抵抗入侵的敵人，用身軀擋住風沙的西擴，保住了國學大師洪受先賢的故居。那種強悍頑抗的鬥志和韌力，雖歷經數百年，但仍可使到現場巡禮的後人，深深感受到那場戰鬥的慘烈。大自然無情的考驗，固然殘酷，卻也見證了先民與自然抗爭不止息的奮鬥，更訴說著榕樹與斯土斯民並肩作戰的「有情」。人在樹在，樹在人不失所倚！

童年曾陪同娘親登太武山禮佛，在那個兩岸對峙劍拔弩張的年代，爬太武山必須在特定的時間經過申請核可，親炙太武山的風貌，並非唾手可得。我在登山途中，看到一棵榕樹長在一塊巨大花崗岩的頂端，樹幹碩壯結實，一條條的樹根虬曲向下延伸，像無數的手臂緊緊抱住岩盤，並努力紮向岩石的底部，樹冠朝東北方向的枝葉短而平整，而西南方向則略高而參差不齊，遠遠看彷彿歪戴著帽子的士兵。我好奇這棵榕樹係何人所種？何以能在堅硬、乾涸的花崗岩頂上生長、茁壯？

娘親看我在這塊岩石前佇足仰望榕樹良久，便輕喚我的乳名，耐心的解釋：「這種樹是我們金門最常見的樹，它名叫『鳥榕』（長大後我知道它的學名稱作『雀榕』）。小鳥喜歡吃它紅色的果實，種籽不容易消化，便會跟著鳥糞排出，靠著小鳥糞便的養分和天上的雨水，逐漸發芽、成長、茁壯。而像這棵岩石上的鳥榕便更為辛苦了，因為天然條件的不利，它必須用氣根不斷向四周探索，尋求更多的水分和養份，並且要攬住岩壁，以免被秋冬季節的東北風颳走，你所看到的這幅景象，其實便是這棵烏榕成長的奮鬥歷程。現在樹根還抱岩石，只要花崗岩磐不倒不爛，烏榕便可以生生不息。」娘親這番話一直銘記在我心中，她老人家過世三十餘年，但我知道她的期盼和願望。

太武山巔烏榕屹立不搖和西洪榕樹群力挽狂瀾的影像，在我童年稚嫩的心版，烙上永遠難以抹滅的印象，也在我人生各個轉折的關鍵時刻，發揮了重要的支撐力量。黃埔艱辛的入伍訓練、基層部隊同僚排擠，反覆而無休止的長途行軍、對抗演習，寒風刺骨、白浪滔天的海防歲月，以及至親接連遽逝的打擊，甚至在高司單位遭遇跋扈失德的上官，在在都曾使我萌生退意，有著「不如歸去」的念頭。然而退伍的意念稍起，雀榕的身影便會活生生的在我的腦海浮現，像一位久違的老友，捎來親切而熟悉的叮嚀：樹在，人怎麼可以被打敗！你可以不求功成名就，但絕不能在挫折下退卻，否則葉落歸根，有何面目去謁見那些故鄉的人和樹？

親愛的學弟、學妹！金門是僑鄉，離鄉背井到遠方打拚，是歷代以來祖先的求生方式。如果將來你也離開這塊我們所摯愛的土地，遇到了挫折，請勿氣餒，不要忘了回顧一下故鄉的樹—雀榕，重溫它深沉而堅定的教訓，緊緊記住母親島的叮嚀：樹在「情」在，背負鄉情親情期待的遊子啊！不可以被打敗！

異鄉的樹——白水木，先把自己變小，才能把自己變好！

官校畢業後留校擔任連長，曾帶領學生參加多次長途行軍的野營訓練。其中有一條路線，是由鳳山出發沿屏鵝公路經枋寮海灘、楓港、墾丁國家公園到壽卡。在枋山及南灣海灘，隨處可以看到一種低矮的灌木叫「白水木」，在恆春的冬陽裡，依然青翠迎人、怡然自得。行軍中途在墾丁的一處谷地紮營休息，赫然發現有一種樹高將近十公尺的喬木，除了高聳挺拔的姿形以外，無論樹葉、樹皮都與「白水木」極為相似，附近的居民告訴我說，這種樹木也叫「白水木」。

我很疑惑：喬木和灌木可以是同一種樹種嗎？便就近向墾丁的導覽員請教：何以完全不同形態的樹木會有同樣的名稱？它們是物種的近親嗎？或者兩種樹根本就是同一種植物？年近中年的導覽員以一種非常肯定而平和的口氣回答我：「無論高矮，它們都是白水木！」

白水木原本是種植在濱海地區做行道樹的喬木，可以長到十餘公尺。但種植在恆春半島西海岸一帶，即恆春、白沙、枋山之間，才演化成為灌木。原因是恆春位於中央山脈的餘緒，每當秋冬之際，東北風原被巍峨的中央山脈阻擋，直到北大武山以南，山勢陡降，強勁的季風翻山越嶺，由山頂直瀉而下，狂風怒號，有時持續二、三小時，有時十天、半個月不停息，地面上的強風還伴隨著強烈的陣風，這種強風大時，風速甚至超過每秒二十公尺，漫天風沙、滾滾狂飆，除了晴朗的天空外，與颱風來臨時的情景有幾份相似。這就是陳達在恆春民謠「思想起」中所說的「落山風」。因此，在每年定期落山風的威脅下，白水木如果仍然孤傲地以喬木之姿樹立在恆春海灘，它不僅是來不及長大，甚至根本無法生存！於是聰明的白水木調整它的成長姿態，放低身段，結合地形、地物，匍匐在地表，依靠既存條件的掩護，化解來自大自然的危機，用最謙卑的虔敬姿態，以灌木的樣貌，代代相傳，在恆春、枋寮的海濱不斷的繁衍和擴散，如果沒有意外，它可以跟南臺灣的大海高山萬物並壽，永遠緊緊伏貼在它所熱愛的屏東海岸。

白水木的故事訴說著：我們可能遭遇無法選擇的外在環境，也沒有足夠的力量去改變它，但是我們可以選擇改變自己的觀念、想法，調整自己的生存方式，放低姿態，以更柔軟而有彈性的做法去適應環境，活在當下，堅韌圖存！活著須要勇氣，也需要智慧。

親愛的學弟、學妹！我們的祖先生存在貧瘠的金門大地，歷經數代戰亂的洗禮，艱苦經營，始能成就今日優美溫馨的家園，他們所採取的不正是白水木生存的哲學嗎？聰明的你是否學會祖先的智慧，體認到大自然珍貴的啟示？在遠方的我，謹願藉此小故事寄給你們無限的祝福！

輯二

人物

榮湖邊上後浦頭村落的鄉野傳奇人物，令人懷想與思念。
他們是我們的公嬤尊長與兄姊，典型在夙昔。
臺灣海峽水波濤濤，太武山下北風烈烈，故人何在？
血濃於水的親情，成長印記的點點滴滴，盡在記憶裡。

桶箍

金門人的閩南語稱祖母為**「俺嬤」**，俺嬤是我家族的粗桶箍，家族凝聚力的核心。俺嬤九十二年的人生，像一本厚厚的書，內容豐富，蘊藏哲理，也像一首長長的詩，抑揚起伏，情韻綿長；風簷展讀，思念溢滿胸懷，阮的阿嬤，是如此令人感動與懷念啊！

一九五三年底我出生時，祖母已經六十六歲，那時她海內外的孫子女多達十八人。在眾多孫子女中，添加一個孫兒我，一點都不特別。但個人有一個特殊的身分：奉祖母「欽定」，我出生即過繼給出洋的二叔，是二房在金門的當然代表，再加上稍長之後，每當她老人家在打掃豬舍、揀花生等農事時，我通常都是最佳幫手，早晚一起勞動，自然跟祖母也比較親近。至今祖母仙逝雖已三十多

年，但往事歷歷，心版上俺嬤的身影依舊鮮明，我對她的感懷與思念絲毫不減。

先祖母李看女士，古寧頭北山人，生於清光緒十三年（一八八七），與黃花崗烈士林覺民同庚；民國六十七年（一九七八）以九十二歲高齡逝世。

俺嬤生於貧窮的金西漁村，與舅公是龍鳳胎孿生姊弟，因家境困窘，襁褓時，即出養陳坑（現改稱「成功村」）陳姓人家，及長嫁入我們黃家。因為養父母在其出嫁前就已相繼過世，祖母憫恤年幼養弟（我們的小舅公）孤苦無依，徵得先曾祖父同意，隨同她進入我們家門，嗣後小舅公不幸英年早逝，其喪事亦由祖父母全盤操辦，迄今其神主牌位仍供奉於老雙落護龍，年節暨其忌日依然馨香不斷，不敢有絲毫怠慢，祖母銘記陳家養育之恩，對異姓養弟亦可謂有情有義矣！

十八歲時祖母于歸，當年黃家可是一個複雜的大家庭。曾祖父長勝公育有六子二女，祖父卓奢公排序第三，自幼出繼予曾叔祖熙有公。因此祖母嫁給祖父，住到後浦頭「中間」祖厝裡，直接面對的是上有公婆，中有大伯、小叔、小姑及妯娌，下有侄子輩的大家庭，複雜的人事應對，恐怕給來自單薄家庭的祖母不少的壓力。

婚後，祖父母一共生有六子五女。大伯、二伯出生後，又接連生了五位姑姑，其後才再生父親及三位叔叔（三叔四叔為雙胞胎）。五位姑姑，大姑、二姑出生即送人領養；三姑原亦出養，嗣因未受養父母善待，祖父聽到鄰人轉述三姑受到虐待的慘狀，極為心疼不捨，連夜騎馬抱回；四姑與娘親同庚，應係彼出生送人後，再領養我娘做童養媳；五姑原本也擬送人當童養媳，但在時年十六與十三歲的大伯、二伯苦苦哀求下，才未出養。

在那個艱困、重男輕女的時代，易女而養雖是不得已的作為，但在為娘的心中，骨肉分離是多麼的苦楚！四姑身陷大陸，小三通前她已過世，我無緣得見。但大姑、二姑返鄉作客，都曾提起那段出養的歷程，祖母聽後常眼眶泛紅、頻頻拭淚。

身處大家族，原已複雜，如今再加上孩子間的紛紛擾擾，更激化叔伯與妯娌間的磨擦與問題。祖父年輕時雖曾落番，但時間短暫，亦無積蓄，婚後生養子女眾多且多年幼，又缺乏來自「番屏」的僑匯支援，在金門當年的窮苦年代，大家庭收支的「統一管制」，更讓祖父母深感阮囊羞澀、處境艱辛，難怪祖父嘗自嘆：「跌入子女坑！」（譬喻子女眾多年幼，父母不勝負荷）可見其無奈與感慨，為謀家庭生計，實非易事。

嗣後，祖父為貼補家用，在家門口種植甘蔗，不意嫩枝卻被堂叔伯嬉鬧摧折了，祖母以為熟成的甘蔗摘去吃無妨，嫩枝未熟不該玩鬧亂折，結果伯公以為祖父母是「吃公藏私」，種甘蔗是攢私房錢，還故意放縱孩子挑釁地說：「去拔，做恁去拔，隨在恁拔！」為此「甘蔗事件」，祖父母遂帶著年幼的子女，搬出「中間」祖厝，自立門戶，搬進曾叔祖熙有公名下的舊雙落老宅子，兄弟妯娌彼此間恐也不甚舒坦。那時，伯公婆甚且嘲笑祖父母，「搬出去，一個就去當乞丐，一個當乞丐婆！」因為祖父母與兄弟分家所得少的可憐，連基本的生活用具都不敷使用，據祖母晚年回憶，每每說起那「六個人五隻破碗」的往事，都有不堪回首的感慨，不勝欷噓。（六個人是祖父母、大伯二伯、加上三姑與我娘，五姑以下尚未出世。）

當年貧寒拮据的苦，尚可咬牙支撐；但真正的苦，對祖父母最大的打擊，莫過於大伯、二伯接連於民國十三、十四年，因病猝逝。大伯、二伯勤奮孝順，時年分別為十八及十六歲，正值年少有為，可以倚為股肱，替祖父母分勞分憂、減卸仔肩負擔的時候，不意遽爾過世，它所帶來的衝擊，不僅僅是我們黃家失去了兩位至親，更是象徵家庭脫離貧困、振興上升希望的破碎！我不瞭解祖父母是如何挨過那段痛徹心肺的歲月，但祖母從未忘懷那兩位早逝的兒子，晚年更魂牽夢縈，經常叨叨絮絮說著大伯、二伯在世時的往事點滴，回憶他們如何孝順貼心，撫慰祖父母在艱困環境裡的心情。我在祖母那凝神遠眺的目光，以及未語先哽咽的感傷裡，深深體會到：雖然歷經漫長歲月的沉澱，但祖母心頭喪子之痛的傷痕，從未結痂。

父親在大伯過世三個月後出生，剛滿周歲又三十六天，二伯亦撒手人寰。父親的誕生，祖父母悲喜交集，祖父曾非常感慨的說：「大子（兒）唔免死，小子（兒）毋須生！」父親誕生其後七年，三位叔叔陸續出生，新生的成員，給甫遭劇變的黃家帶來新的希望，食指浩繁的困窘奔波，也轉移了祖父母的悲痛，這應該是上天對熱心公益、默默行善的祖父一個遲來的補償吧。

三叔四叔雙胞胎生日相隔一天，隔月又隔日，這恐怕比「樂透彩」中獎的機率還低吧！八十多年前（一九三一），四十五歲的祖母在當年四月三十日生下三叔後，因家中人手不足，即自行下床前往汶鳳殿的井邊（鄉人俗稱「後宮（廟）」）洗滌衣物，其間突然覺得腹部有異物蠕動，身感不適，即收拾返家並告知祖父，祖父遂往廟中祈福並抽靈籤，只見籤詩寫著：「枯木逢春，一枝發雙芽。」他不解其故，然翌日（五月一日）寅時祖母又生下四叔，是靈驗或巧合？難以解釋，唯知者莫不嘖嘖稱奇。

祖父於民國三十三年（一九四四）棄世，此時父親雖已成家，但二叔僅滿十六歲，雙胞胎叔叔更只有十三歲，祖母一肩挑起母兼父職的責任，往後的三十四年，她都是家族的精神中心，家中大小事情，她都充分尊重家父的處理，很少表示意見，但對極少數的幾件事情，卻也有自己的主見。譬如她堅持父親要與娘親成親，要求二叔先結婚再落番，八、九十高齡不理任何人勸阻，一定要做農事……等。父親個性很強，但對祖母卻極其孝順遵從，我回想從小到大，從未見過父親大聲跟祖母講話，他到祖母膝前，總是像兒時一般的溫順，經常是彎著腰或半蹲著聽祖母說話，更不曾見他頂撞或拂逆她老人家。三姑常說：祖母是我們家的「粗桶箍」，她是家族團結的原動力。父親與諸位叔叔相約：在祖母仙逝前，絕不分家異爨，所以在祖母歸天前，每年年夜飯都是區分兩個梯次，每次坐滿兩張八仙桌，全家族一起圍爐，壓歲錢也是由祖母一一發給；大年初一、初九拜天公，也都由祖母帶著一家大小上香祈福，在香煙裊裊縈繞裡，是祖母虔誠的祈禱，那種和諧溫馨的感覺，多麼遙遠而讓人懷念啊！

民國三十六年（一九四七），二叔落番下南洋，接著二姑、五姑也陸續跟著姑丈去馬來西亞和新加坡，四姑則身陷廈門，音訊中斷，他們成了祖母思念的焦點。小時候，我見到祖母每天早晚給天公、佛祖、家中供奉的林府王爺，以及列祖列宗上香祈福，總是口中念念有詞：「掘仔（二叔章掘公的乳名）、豬仔（五姑法治女士的乳名）、招仔（二姑招治女士的乳名）有平安否？……祈求佛祖、王爺保佑！……」。尤其，每當天公爐裡的線香，在繚繞、緩緩上升的輕煙裡，慢慢捲成一個小小的圓弧，就會發現她老人家面露喜色，喃喃自語「番屏有批（信）來了！番屏有批來了！」即使那傳送僑匯和信件的人，是一個月甚至更久以後才會來，這早到的徵兆或許毫無意義，但也從未改變她的認知與期盼。當時，我們很難理解她對那種自然現象的反應，長大後，自己離鄉背井負笈臺灣，才真正明白那是一種刻骨銘心的牽掛與懸念，將她對二叔及姑姑們的思念，都寄託在那不可知的徵兆裡。一九六五年，印尼發生大規模的排華事件，二叔曾有很長一段時間音訊全無，祖母的焦慮不安和掛念，更表現在她頻繁奔走大小廟宇、求神問卜裡，在她無助的眼神裡，充滿著太多太多的牽念、掛記、期盼和祝願。

一九五〇、六〇年代，「九三砲戰」、「八二三砲戰」以及「六一七砲戰」，都是祖母帶著全家大小躲砲擊。前兩次砲戰，我因年幼沒有印象。「六一七」砲戰時，我已經進小學就讀，較有記憶。那次祖母帶著我們躲在祖父墳墓旁的一個山洞，好漫長的一天，只聽到洞外「咻－嘣」「咻－嘣」砲彈不斷在我們周邊爆炸，卻不知道情況如何，但祖母的神色非常淡定，絲毫不見慌張。在「單打雙不打」的歲月裡，她也很少在砲擊的晚上，進入防空洞躲避。我想：歷經日據時代、古寧頭戰役與多次砲戰的苦難洗禮，祖母應該是已經看透人生「生死有命」的玄機了吧。

在我的印象裡，祖母一直是一個非常勤勞儉樸的人。我讀小學、國中時，她已經高齡七十好幾，但家裡一些不必上山的農事，譬如：清理豬舍、挑水肥（後來她挑不動了，便呼喚二哥和我們三條小蛇：三哥奕煌、四哥奕木和我，幫忙一起扛）、揀捋土豆（用手將花生從藤上摘下來）、捋玉米（在較早期，將玉米粒剝離，必須用人工來做，跟捋土豆一樣，是非常費時費力而枯燥的工作），以及到磨坊幫忙推攏番薯片，以利輾壓成番薯糊粒，諸多勞務她總是默默的自己做或帶著我們做，從不大聲嚷嚷。

我印象最深刻的是：祖母經常在炎炎夏日裡，竟日獨自一人，一張小板凳，身著圍裙，坐在老雙落與黃卓彬洋樓中間的小巷子，很有耐性的捋著土豆或玉米，日復一日，累積的成果還真可觀呢！直到有好事者到新加坡，向五姑告狀說：「怎麼八、九十歲的老人家還在幫農？」最後在父親和叔叔們苦勸之下，祖母才心不甘情不願的減少她的「勞動」，但少了生活裡的寄託和活動，身體就此慢慢變差了。我經常在想：假如讓阿嬤繼續隨性做自己喜歡的農事，說不定她可以活到一百多歲呢！

勤儉勞動之外，祖母她老人家還自修練成了一項「專長」：接生！據說我們這些孫子女（在南洋的不算）、三姑（就住在我們雙落老家旁邊）的孩子，都是祖母自己接生的。跟我年齡相近的堂弟妹出生，我年幼或未親眼目睹，不敢亂說。但十弟奕龍和小表妹阿戀（莊美戀）出生，千真萬確是我們阿嬤迎接他們到這個世界來的，那時祖母已經高齡接近八十歲了，接生的身手還如此俐落，的確不容易啊！

民國六十五年（一九七六），祖母時年九十，身體已經大不如前，也不像以往耳聰目明。是年初，我娘親病逝，父親為免年邁的祖母傷心，刻意隱瞞不讓她知道，但家中晚輩的穿著、頻繁進出的親友，壓低的飲泣聲，以及二叔、五姑不尋常的同時返鄉，都讓祖母感受到家中已經發生了大事。據五姑媽事後告訴我們：娘親過世的事情，祖母心知肚明，只是害怕徒增兒孫的壓力，裝著不知道罷了，因為在治喪期間，她就多次聽到祖母躲在棉被裡嗚嗚哭泣，問為什麼哭泣？祖母只是擦乾眼淚、搖頭不語。是啊，一個從襁褓開始撫養數十年，比親生骨肉還親的至親，遽然離世，白髮人送黑髮人，何其讓人傷痛？即使漫長的一生，已經歷經了太多的生離死別，她老人家恐怕還是很難釋懷吧？

祖母從十八歲的荳蔻年華嫁入我們黃家，歷經家境的貧困艱難、至親的生離死別，以及人情的冷暖現實，帶著兒孫，一步一步將家族拉出窮苦的泥淖，讓我們的家庭，有了完全不同的風貌。尤其她孀居三十四年，獨自拉拔幾個正值叛逆期的幼子長大，協助他們成家立業，以堅定不移的精神和毅力，維持大家庭的和諧與團結，同心協力提升家族的聲望，是多麼的不容易啊！

祖母離開我們已逾三十年，家族的內外在狀況，也發生了重大變遷。我擔心她的曾孫與玄孫們，對於家族的故事，尤其是她老人家對家族的犧牲與貢獻，恐怕已覺遙遠而不復記憶。個人始終覺得：一個家族隨著子孫蕃衍、向外拓展，不可能死守一地而不分散，但如何做到散而不離，就在於是否有共同的歷史和記憶。誰曾為這個家庭拚搏犧牲、吐哺貢獻？誰在家族風雨飄搖之際，力挽狂瀾？任何家庭成員，都要永懷感恩，不能忘、不該忘、不肯忘及不敢忘！假如我們能如此飲水思源、惜福感恩，那麼無論一人、一家，甚至一國，便可擁有麼仆麼起、生生不息的力量，百折不回，繼續向前邁進！

阮的阿嬤，是維繫我家族壯大、和諧、發展的「粗桶箍」。俺嬤留給我們的，正是心底這一份飲水思源、惜福感恩、生生不息的力量！

歸鄉

每個人對久別的故鄉，都有一份最深的摯愛，時時想要「歸鄉」去。「動力火車」一首膾炙人口的歌曲〈艾琳娜〉（諧音：愛人哪），就是描述對故鄉的眷戀，深得我心。

故鄉召喚遊子返鄉，雖然家鄉路迢迢，但回家始終是愉快溫馨的。只是，若當危惙之際，臨終要歸鄉，這條歸鄉路可就舉步維艱，難以輕快成行了。

我曾見過許多金門鄉親，晚年或衰病時最大的心願，就是希望在辭世前能夠回到故鄉，以親炙土地的芳香，和親人團聚，走完人生的最後一段旅程，了卻心願。於是，常有鄉親臨終或病危卻放棄醫療、儘速尋求各種交通工具，急如星火趕回金門，哀戚上路。

我也曾經陪伴父親走過這麼一趟「歸鄉」路，心情既沉重又慨嘆。

我的父親一如許多金門鄉親，早年就外出謀生，雖然他老人家在臺三十餘年，早已開枝散葉，略有所成，但念及先祖墳塋在金，親族兄弟在金，故舊友朋也都在金，我自忖「落葉歸根」返鄉終老，畢竟還是父親的第一優先選擇。

民國八十三年初，父親因大姊及二哥接連遽逝，精神和體力大受影響，在臺中港心肌梗塞送醫救治。嗣後八十四年農曆年前，經醫生建議，實施心臟血管繞道手術，原本手術極為成功，狀況良好，唯三月初出院，返回永和家中休養，卻感染風寒，造成肺部積水、呼吸困難，四月初乃重回醫院，住進三軍總醫院三十二病房（心臟科加護病房）。此期間，父親病情起起落落，並無明顯好轉，而且為便於餵食和抽痰，四月底又做了氣切，他的心情更為惡劣。因喉嚨無法發聲，父親都以筆寫和手勢與我們及醫生、護士溝通，他在筆談時並不關心自己的病情，反而在病床上最常寫的是「返金」二字。我們和護理人員安慰他，只要靜養一定可以康復，他總是用力搖頭，以手指著「返金」的紙條，一副「你們不懂我的心」，生氣又無奈的神情。記得有一次，大嫂與二嫂特別由金門、梧棲遠道來看他，他仍然寫著「回金門」的字句，兩位嫂嫂極力安撫，並祝他早日恢復健康回家，不料他竟憤怒的在紙張上寫「番鴨」二字，意思是：你們真是不瞭解我的想法啊！

父親住院期間，由於家族成員大多住在金門，部分家人散居臺北臺中，且各有工作，所以當時在醫院加護病房留守的任務，便由在臺北的我、侄子獻煜與堂妹彩雲輪流擔任，我當時正在三軍大學戰爭學院受訓，故以輪值夜間為主，大哥、三叔、四叔以及其他親人則「值日班」，或利用假日與不定時來幫忙照料。

時至六月上旬，父親的病況急轉直下，他昏睡的時間多、清醒時間少，醒來時比手畫腳，因幻聽與幻覺，在紙張上所寫內容凌亂，雖已無法清晰辨識，但我們都明白他想說些什麼。對於他的病情，我們雖然有最壞的打算，但並未放棄任何希望與努力，因此，一直處在父親渴望返鄉的期待，以及家族祈求奇蹟出現的矛盾與拔河之中，難以下定決心。

六月十七日官校校慶翌日，也是我戰爭學院畢業的日子。畢業典禮進行當中，我腰間的B B Call不斷地振動，用眼睛餘光看到訊息是：「三二一一九」，那是我和侄子、堂妹約定「父親病危」的通報。典禮結束，等不及向老師及同學道別，拎著行囊，我急忙跳上計程車趕往三總，跑進三十二病房，護理長告訴我：「你父親的血指數不斷下降，如果不做任何處理，他即將在四個小時內過世。」我反問她：「假如做了適當處理，生命跡象可以支撐多久？」她的答案是：大約八個小時。經短暫考慮，我下定決心：幫助父親完成歸鄉的心願，讓他在生前回到摯愛的家鄉！

臺灣金門海峽遙隔，八個小時內要將父親送回故鄉，幾乎是不可能的任務！但我想：還沒有做，怎麼知道不可能？略經規劃，我首先到父親的病榻前，把他搖醒，堅定的告訴他：「爸！我要送您回金門，您一定要忍耐、堅強。」聽我講完話，父親的眼神，出現許久以來所沒有的喜悅和光澤。隨後，我到醫護站，拜託醫院實施緊急處理，打強心針，並協助在場的三叔及堂妹，幫忙父親換衣服，作好返鄉的準備。再到病房外打電話，請內人儘速提款送來備用，請大哥趕到臺灣並稟報家鄉的長輩、族親，完成相關迎接事宜，接著再連繫到機場的救護車、特別護士，以及返金的民航專機。一連串的緊密安排，環環相扣，許多不可知的因素摻雜其中，父親即將逝去，我卻不敢流淚，不能痛哭，我告訴自己不能自亂陣腳，我無暇拭淚悲慟，只有來回奔走，力圖鎮定，祈求老天爺幫助父親，好好送他一程罷了。

歸鄉路迢迢，訂定返回金門的專機，是一項最困難而難以掌握的工作，在醫院打了無數通電話，沒有一家航空公司能給予肯定答案。時間急迫，我將醫院的工作先交給內人素真、三叔及堂妹，便親自帶著二十萬元的現款預付飛機租金，趕赴松山機場航廈，一家一家公司的詢問，洽詢兼懇求，不斷拜託，最後只有國華航空一架尼爾二〇〇，準備飛媽祖北竿，因當地天候不佳，正在待命，或許有機會吧。公司允諾：如北竿機場繼續關場到下午一點，便將飛機租給我。非常幸運，過了下午一點，我租到了這架飛機，國華公司並且很熱心幫我們申請了松山和尚義兩個機場的起降手續。

下午三點多，父親從三總搭救護車到松山機場，返鄉專機終於順利起飛，但螺旋槳飛機速度很慢，加以沒有空調，也不能攜帶氧氣筒，隨行的特別護士既要操作手動呼吸器，又要定時打強心針，滿頭大汗，渾身都濕透了。我坐在父親的擔架旁，不斷幫他打氣加油，從父親睜大的雙眼，以及扭曲的臉部肌肉、急促的呼吸，我知道他正以最大的意志和努力，硬撐著，拚一口氣，要回家，一步一步捱著，飛回家鄉！

接近傍晚，飛機平順降落在金門尚義機場，金沙消防隊的救護車已經在跑道頭等著。我附在父親的耳朵邊，輕聲告訴他：「爸！金門到了！但您還要撐住，我們要回後浦頭老雙落！」當花崗石醫院的醫生，將呼吸蜂鳴器裝在父親的氣切上，聽著那恢復平緩、均勻的呼吸，我知道父親歸鄉的願望已經不遠。（金門民俗，客死異鄉者只能在村外舉喪，因以往曾發生非常嚴重的傳染病，故而在外亡故者，一律不得進入村莊。父親裝上呼吸蜂鳴器，用意即在證明他是活著回到家門，得稱壽終正寢。）

救護車響著警報器，緩緩進入榮湖畔的老家，三姑、叔嬸、族人、宗親，以及父親的好友們，都已經在場等候多時。當擔架抬下車，姑媽一聲聲的哭號，劃過汶浦水岸的長空：「歲仔！到咱家了！」登時父親的呼吸轉為急促，但臉部表情已經明顯慢慢放鬆，我想他應該是知道：魂牽夢縈的家到了！終於回到家了！

父親去世至今二十年了，二十年來我無刻或忘與父親同機返鄉的那段「歸鄉」路，那是我與父親最親近的一段航程，也是一段最哀傷卻又了無遺憾的路程。我相信父親對這段「歸鄉」旅途的安排，也應該是心無罣礙吧。

父親給我的清貧教育

從小，父親在我心目中，就像一座山，沉默而令人敬畏。今天農曆五月二十日，正是他離開人世十九年的忌日，父親當年堅毅的表情、銳利的眼神，以及充滿威儀的聲調，仍然深刻又清晰地銘刻在我腦海裡，歷歷在目，而父親最讓我終身難忘且影響深遠的，莫過於他對我的清貧教育。

父親生於民國十三年（一九二四）農曆七月十一日。那是一個苦難的年代，在中國，軍閥割據，民不聊生；在金門家鄉，謀生艱辛，鄉親紛紛「落番」遠走他鄉；而在我們黃家，更是風雨飄搖、困苦備至。父親出生前三個月，其十八歲的長兄（我的大伯父）章水公因病遽逝。翌年，父親剛滿周歲一個月，其十六歲的二哥章戇公亦因傳染病而過世，家庭寄予厚望、可以依賴的支柱頓失，除

祖父母外，家中僅有稚齡、尚難幫農的三姑（八歲）、娘親（六歲童養媳）和剛會走路的五姑（三歲），其餘大姑、二姑及四姑均已出養，當人家童養媳去，自家盡是嗷嗷待哺的幼孺。先祖父卓奢公在傷痛之際，曾經說：「大子唔免死，小（歲）子唔免生。」足見其心中的扼腕和感慨有多沉痛。嗣後，三位叔叔接連出生，食指浩繁，家境更為艱難。民國三十三年，先祖父棄世，父親以二十之齡，帶領三位十六、十三歲正值成長叛逆期的弟弟，繼續為家庭的振興而努力。在父親的一生，他深知自己是家中實際的長男，「家之長子」責任重大，是故父親自我期許甚嚴，並養成勤勉儉樸的習慣，對於家中諸弟與子侄的督責，也同樣嚴格，終其一生，從未改變。

父親挑起家計，白手起家，起初所有的資本，來自家中養豬、種菜，以及各種務農的收入，有著輸不起的壓力。因此他的事業通常採取多角開發、與人合作的經營模式，以降低風險。在我印象裡，他曾與人合作開雜貨店、金飾店、布莊、豬肉攤、計程車行，也代理過公糧出售，還出資與三姑丈合開木材行，兼售壽材。嗣後，來臺與友人合資經營「金門開發公司」，進行臺北南港、高雄建國三路、臺中港等地區的土地開發和蓋房子，我家永和中興街和梧棲中棲路的老房子，都是父親自己蓋的呢！他還與幾位金門鄉親共同投資，開辦「建華航運公司」，專營臺中港、高雄港與金門的往來貨運，由於父親的勤奮，該公司直到父親心肌梗塞開刀前，業績都很不錯。所以在我小學時，我們的家境事實上已經大幅改善，至少在當時的金東地區，已經被認為是較為富裕的家庭。

然而，父親一生自奉甚儉，即使在其事業已有相當成就，在生活上也未改變簡單、樸素及節約的習慣。他吃得很簡單，最喜歡地瓜稀飯，就算胃酸逆流很嚴重，依然不忌口，燉蹄膀、豬肉罐頭炒米粉，對他來講，已經是最美味的了。父親經常往來金門、臺灣和南洋，一筴小行李箱，行囊簡便，春夏秋冬就是那幾件寥寥可數的衣裳，內衣經常穿到很多破洞，還不願丟棄。有一次，朋友自國外回來，送了他一件法國名牌夢思嬌（MONTAGUT）的短袖休閒衫，他捨不得穿，就說「你經常穿得到」，轉送給我，因為身形改變，那件衣服我已經穿不下，但還完整的躺在衣櫥裡，雖歷經多年，我仍不忍丟棄。父親由臺中港返回臺北，都是搭乘公路局「中興號」的車子，那是最經濟又便捷的交通工具。回到臺北，他總是由北門走路到臺北車站前，轉搭第五路公車回永和，從來沒有坐過計程車。記憶裡，只有一次父親跟我一起搭計程車，是由北門到竹圍，那是因為小女懿慈受傷住院，他與我帶著開刀保證金，急著趕到馬偕醫院。父親在車上跟我說：「錢，當省則省，當用則用，現在時間最寶貴，就不是講節省的時候了！」這就是他對金錢所持的態度。

父親生活簡樸，自我要求嚴苛，卻熱心公益，對於地方、宗族的事務，均積極參與，出錢出力，不遺餘力。由於家中子侄人數眾多，父親長期擔任金沙中心國小（現已更名「金沙國小」）、金沙國中的家長會長或委員。他參與汶浦聚落的宗族事務，以及金沙地區的公益，也從不落人後，慈德宮、汶鳳殿等廟宇修繕，黃氏祖廟（祠堂）改建，父親都是帶頭慷慨捐獻，並且發動南洋的族親一起共襄盛舉，他默默地做事，卻不願意強出頭而惹人厭。我國中時，地方推薦他競選里長，沒有想到他在臺上，竟然是讚揚並幫對方拉票，事後我問他原因，父親說：「給人管，卡好管別人。何況大家都是好鄰居、好朋友，天天要見面，不能打壞感情！」我想：假如父親還在世，看到今天臺灣選舉「翻臉跟翻書一樣」的惡質文化，不知道會有什麼感想？

父親常說：「大富有命，小富由儉。」因此，他要求子侄從日常生活細節就要養成節儉的習慣。讀小學時，我們的鉛筆寫到快握不住了，就用硬紙做成圈套，紮在鉛筆頭上，繼續使用，一直到紙套也圈不住了，才准許用殘存的鉛筆頭一對一去換新的鉛筆。我們的制服，都是買布回來，由四嬸自己縫製，為了怕縮水及預留成長空間，衣服都大好幾號，剛剛穿時像演「布袋戲尪仔」，袖子和褲腳都要打好幾摺呢！等到剛剛合身，又要往下交接了。衣服破了，都是由祖母剪不能再穿的舊衣，一大塊縫補上去，祖母說那樣較牢靠耐磨，但以我們當時家境已經改善的狀況，穿著大塊大塊補釘的衣服，卻常引起老師與同學的側目。據大姊回憶，她小學時曾被一位老師嘲笑：「恁是有康（洞）郎，在穿有康（洞）裳。」讓姊非常難堪與憤慨，回嗆「衣服重在整潔，不破不爛，補釘有什麼好笑？」想想現在的年輕人，故意穿著破損刷鬚或補丁的牛仔褲，揚長過街，引為時髦，真令人有今夕何夕之感慨！

我們擁有一個沒有零用錢、也沒有市售玩具的童年。由於家中孩子多，父親一視同仁，都不給零用錢，即使自己的么兒，亦不例外。我們的零用錢，一個是來自除夕祖母所給的壓歲錢，公訂數額一個人二十元，直到上了國中，才加到五十元；另外就是利用寒暑假農忙之餘，到營區交通壕掃木麻黃鬚枝、樹籽，賣給菜館（餐廳）當燃料；或到臨近村莊、部隊駐地，賣冰棒、油條，以及「再抽」軟糖（一種以軟糖為獎品的抽獎遊戲），可以賺一點點小錢，用於看電影或買零食。一直到有好事者去新加坡，到處跟別人講：「歲仔的後生在賣冰棒、油條。」驚動五姑媽，託人帶話詢問：「家裡是不是不好過？」父親才勸阻我們不可再賣東西賺零用錢。

父親深知要維持大家庭和諧與團結，並不容易，因此對待子侄絕對公平，食衣住行及唸書，儘量做到衡平、沒有差別待遇，不因親疏而有所不同。民國五十八年，三哥、四哥和我到高雄唸高中，除學雜費、制服外，父親都精算日常所需，給予恰恰足夠的生活費，食宿無虞，但絕無揮霍的空間。記得高三時，我為了買一本糜文開翻譯的《泰戈爾詩集》，整整吃了一個月的白饅頭，後來這本詩集在入伍訓練時於儲藏室遺失，害我心疼了好久，畢竟那本書得之不易。

父親通達人情事理，凡事都會有練達的看法。我結婚時，戰術組有位教官送禮六十元，年輕的我們看了禮簿頗覺意外、好笑。不料父親卻義正辭嚴地訓誡我與內人：「送禮的厚薄，要看交情的深淺，以及送禮者的能力，怎麼可以由禮金的多寡，來論斷情義的濃淡？」是啊！禮尚往來，有心最重要，古人「千里鵝毛」，送的正是濃濃的深情啊！父親當年的教誨，至今依然是我們夫婦經常自我警惕的銘言。

軍旅四十餘年，我曾戍守最前線的離島，巡防寒風刺骨的偏遠海岸，居住在濕漉漉的洞窟與酷熱難耐的鐵皮屋。也有四十小時未曾闔眼，終日沒有進食，甚至有半年沒有離開駐防的小島等等的艱辛生活經驗。這些經驗並沒有打垮我的鬥志，而別人引以為苦的遭遇，也不曾使我稍有退怯。我自認為這個精神的支持來源，在於母親島的感召、雀榕的呼喚與紅土地的啟迪，而直接影響我的，應該是父親的清貧教育，讓我能迅速的適應簡單而枯燥的部隊生活，視匱乏和不足為必然，以艱難與險阻為考驗，學會珍惜和感恩，並且謙卑地去面對已知或未知的磨難與挑戰。

父親一九九五年過世，在父親忌日前夕，緬懷父親生前點點滴滴，雖已時隔多年，內心依然情緒澎湃。反芻他當年的教誨訓勉，反省今天的自己，的確有著「誰問迷悟跡，何知名利塵」的感觸！看來生命真是一門學不完的大功課，父親永遠是我的精神導師！

餅乾盒裡的祕密

娘親出生十八日尚在襁褓即被送入我黃家門，成了黃家童養媳。娘親一生對我黃家貢獻極大，但遺憾母子緣淺，我對娘親深深的依戀，如今都只留存在一個小小餅乾盒裡了。

當年祖父母生了兩位伯父、五位姑姑（三個送人當童養媳，兩個留在家），還有父親和三個叔叔，娘親和送人的四姑同齡，家裡可謂人丁眾多，食指浩繁，家境貧困，加以鄉俗「重男輕女」、「女子無才便是德」的觀念使然，娘親也就無緣入學識字，只能在家幫忙家務與農事。

不幸的是，民國初年金門流行瘟疫，兩位伯父相繼罹患傳染病，英年早逝，家中原應由男性擔負的工作，即由祖父和矮小、瘦弱的母親一肩挑起。娘親上山下海，既要下田耕作，還要照顧年紀較輕的父親和三位幼弟（二叔、三叔、四叔），二叔就曾說當年娘親是「既要內，也要外」、「既要做查甫，也要做查某」，堪稱女中豪傑矣。

一九二〇年代適逢家族卓彬叔公由印尼返鄉，構建洋樓（即現在榮湖畔縣定三級古蹟黃卓彬洋樓），才十歲出頭的娘親便幫著牽馬駝運沙石，賺錢補貼家用。二叔就曾講古說過：「你娘親個頭還沒馬兒高，一手抓馬鬃，腳鉤駝架，翻上馬背，駝架上兩側載著砂石，來來回回運送，搬上搬下，從不喊苦。」想像八十多年前，年少的娘親自暮色中歸來，一身泥沙、一臉汗水的情景，以及她天天起早趕晚追隨祖父日出而作、日入而息辛勤耕作，日日操持、全心為家，若說她是我們黃家由貧困走向興旺最有貢獻的人，絕不為過。

在祖父母作主要求下，民國三十三年娘親與父親成親。父親出外經商，她的角色由姊姊轉換成長嫂，依然勤奮如故。嗣後，歷經祖父過世、諸叔陸續結婚，以及我們姊弟接連出生，娘親辛勞依舊。在上有婆婆、族親，下有小叔、妯娌，一個家族成員不斷增加，人際關係日益複雜，而且先生經年不在家的狀況下，要保持一個家庭的團結、和氣，是多麼困難。但她總是與人為善，不忮不求，帶頭做最粗重、最沒有人願意做的事。兒女跟別人爭吵、打架，她一定先責備和懲罰自己的小孩；遇到好吃、好喝、好玩、漂亮的東西，即要求我們退讓，因為，她深深瞭解維繫大家庭和諧的重要與難處。

娘親生平最感遺憾的事，就是不識字。她曾說：「青暝牛真艱苦！」於是她希望我們都能努力向學。童年時，晚上，我在她的梳妝臺寫功課，她雖然看不懂，但經常坐在旁邊陪著，叮囑我要用心。放牛、做農事，我喜歡帶本書在身邊，工作時，揣在褲子後口袋，休息時，拿到樹下閱讀，有親人嘲諷我是「書癲」，然而娘親從不以為意，她告訴我：「讀書是好事，不要在乎別人的批評。」小學時，我的功課很好，經常拿獎狀、獎品，因為家中尚有同年齡在學的孩子多位，她不願張揚，總是教我要謙虛、低調，不要讓他人不好做人。但是，她都會利用時間，把獎狀貼在我們房間（我是么兒，跟父母睡同一房間），從娘親的的舉動和表情，我知道她因為孩子能用功讀書，感到欣慰。

國中畢業，我離鄉負笈臺灣。在那個交通不便、通訊困難的年代，一般家書都是寫信報平安，只有緊急狀況才打電報連絡。娘親不識字，寫家書她根本看不懂，於是我想了一個自以為聰明的方法，母親節的卡片，我到書店去找有媽媽抱小孩的圖片；賀年卡則挑打躬作揖的人像。對我寄這些卡片，娘親從未表示過意見，但她曾對家中長輩提過：「阿炳出外，變懂事了！」我想，娘親一定看得出來我在卡片內想說些什麼。

我在陸軍官校四年級畢業考時，娘親病重住院，她特別交代大哥不要通知我，讓我安心考試。等到接連收到病危、病逝的電報，經過冗長的請假、申請機位手續，匍匐返回金門奔喪，娘親已經蓋棺。未能親謁她最後的慈顏，成了我這一生最大的遺憾。

回家奔喪時，娘親房間已經被清理過了，我在她屋內徘徊良久，除了梳妝臺角落一個鐵製的南洋餅乾盒，並沒有其他遺物。我坐在娘親生前的臥舖邊緣，輕輕打開那個餅乾盒，看到盒內的東西，不禁潸然淚下。原來，娘親將我自高中一直到官校所寄給她的每一張卡片，都按順序整整齊齊的放在盒子裡。我仔細翻閱每一張卡片，回憶當年尋找並寄出卡片的情景，想像著娘親接到卡片的欣喜、安慰神情。她如此珍惜這些卡片，慎重保存在那鐵盒子裡，因為那是她心心念念、最放心不下的么兒，從遙遠的異鄉所寄來的思念和祝福。

娘親棄世快四十年了，我永遠忘不了當年返鄉奔喪時摩挲著餅乾盒，親炙娘親生前的手澤，那一份痛失所怙的深沉悲痛。三四十年來，我時刻未敢忘懷娘親的教誨，經常想起娘親常掛在嘴邊的話語：「虎死留皮，人死留名」，「富在深山有遠親，貧在市廛無人問」，「讀書耕田做第一等人」……。這些話語早已隨風而去，但都化成一張張卡片，存在餅乾盒裡，印記在我腦海中，娘親的餅乾盒是我們娘兒倆共有的祕密，也是我們母子間最甜蜜的回憶。

我的新加坡媽媽

我經常告訴別人，我有一個媽媽住在新加坡，不知情的人聽後都滿臉狐疑。尤其是在國防部服務時，與星國軍方人員業務往來密切，他們對我這個中華民國將領媽媽居然是新加坡公民，都十分好奇。甚至當時的部長宴請到訪的星國國防部長張先生，我以常次身分奉命作陪，席間也有人提起這一段淵源，張部長很客氣的問起媽媽的狀況和住所，並且說自己是媽媽後港區選出來的國會議員，對那裡的環境非常熟悉，新加坡媽媽無意間成了臺星國防外交的潤滑劑，張部長身為華裔，他深刻理解為什麼我會有個新加坡媽媽。

其實，在我的家鄉金門，媽媽跟我的故事一點都不稀奇，因為有太多下南洋

「落番」的僑親，家鄉長輩通常都會作主，將兄弟的兒子過繼其名下作為嗣子，以備特殊狀況時可以繼承香煙，比如我祖父卓耆公過繼其三叔熙有公，而熙有公又過繼予在印尼史叻班讓經商的叔叔良研公，因此，我們在謄製世系表時都要非常小心，不可搞錯混淆。

我的新加坡媽媽名諱為陳標治（民國十七年—民國一〇三年），是金門金湖鎮湖前村仕紳怡端公暨夫人呂仙女士的長女，媽媽下有兩個弟弟兩個妹妹，自幼備受父母呵護及弟、妹們敬重。媽媽性情溫和、心性善良、嫻靜孝順、又愛護弟妹幼小。

我們能結母子情緣，是個非常特殊的機緣。民國三十六年，二叔和媽媽成親不到一個月，他便告別寡母、兄弟姊妹和新婚的妻子，離鄉背井「落番」去了。此去十年，忠厚耿直的媽媽，要形單影隻獨自面對我們黃家複雜的大家庭，跟她在湖前娘家以長姊之尊、父母寵愛、弟妹簇擁，受到整個家族的尊崇，是多麼的不同！難怪外婆經常講古說：「恁後浦頭大家庭、大做事，恁阿麻未到新加坡依親前，總應付不來大家庭的人際關係，還有每個月的輪廚工作，尤其農忙季節，為了要趕上其他妯娌的步調，常常忙得不可開交，恁大舅、二舅以及阿姨們都曾經趕到金沙去救援、幫忙呢。」雖然早已是時過境遷，但媽媽後來自己跟兒孫輩提起這些往事，娓娓道來，雲淡風輕，還常自我調侃，動作慢、氣力小，雖帶著微笑，卻也有一絲絲不堪回首的感慨。我不知道是什麼樣的力量，支持媽媽度過那段漫長寂寞又艱辛的歲月，或許是日夜期盼遠在天邊的夫婿早日平安歸來，等待就是希望吧。但年復一年，在人多嘈雜的大家庭裡，「有苦沒得說」的孤寂與失落，恐怕是夜夜得嚐的噬心之痛。

就在媽媽嫁入我們黃家的第六年，民國四十二年底，二叔依然歸期渺茫，祖母希望她有個寄託，便作主將剛剛出生的我過繼給她和二叔，於是襁褓中的我，正式走入媽媽的生活，夜夜都是媽媽抱著回房一起睡。於是，未曾為人母的她，既要忙於家務農事，又要照顧稚嫩無知的嬰孩，當然是更加忙碌。她常回憶當年揹著我回外婆家的情景，因為身材矮小，揹負著我又提著瓶瓶罐罐的行李，從後浦頭到山外，步行兩小時，走著崎嶇不平的小路，一路跌跌撞撞，偶有不小心還曾摔到山溝裡呢！有幾次外婆不放心，還特別指派二姨陪著媽媽十八相送，一路送到沙美，我靜坐一旁聽她叨叨絮絮敘述這些往事，那已經是臺灣開放軍人可以出國以後的事了，往事歷歷，媽媽說得鮮活，那是我們母子獨有的親密故事，只可惜媽媽旅星，我在臺，無法經常聆聽媽媽與我分享更多的故事啊。

九三砲戰以後，二叔幫媽媽申請到新加坡依親的許可證明，在她離金前夕，年幼懵懂的我，絲毫不懂離別的苦澀，直認為媽媽是到一個非常繁華而新奇的地方，不斷拉著她的衣襬，雀躍地囑咐不要忘了回家時，要幫我買番仔餅、買皮鞋及「Chia Peu」（一種番客返鄉常戴，類似孫中山先生東征時所戴的硬殼圓帽），孰知此去一別，我和媽媽再見面已經是二十幾年後了。

媽媽到新加坡以後，三叔、四叔經常利用到山外送貨之便，以鴛鴦馬駝架帶我到湖前外婆家。一個沒有媽媽拎著的奶娃，獨自到外婆家，心情是不是很忐忑不安？但隨和的外公、慈祥的外婆，以及舅舅、舅媽們，都對我非常照顧，每次一到湖前，外婆都會催促大舅媽先煮雞蛋甜湯，接著送上麵線或油麵烹煮的點心（長大後我才知道那是家鄉招待貴賓才有的禮俗），外婆總是笑盈盈的催促我把它吃完。在左鄰右舍好奇詢問這囝仔是誰時，外婆與舅舅都介紹我是「婆仔（媽媽在娘家的小名暱稱）的小孩」。

因此，此後的數十年，媽媽在湖前碧湖殿廟後的娘家，變成我經常造訪的所在，即使後來回到金防部擔任第三處處長，晉升少將、中將，依然如故。在金防部服務時，因地利之便，我經常由駐地步行到外婆家，聽她老人家談往事，一位近百歲的人瑞，說起掌故軼聞，猶歷歷在目。調回臺灣任職，偶爾返金，我通常是優先到湖前探望外婆，再利用時間回後浦頭的老家；年節帶妻小回金門，我們也一定去探望外婆和舅舅、舅媽，外婆見到我們夫婦和孩子們，非常欣慰，都會熱絡地拉著我們的手挲摹著說：「哇心肝啊！」然後說著媽媽和我們的點點滴滴小故事，我想那應該是一種「愛屋及烏」吧，外婆將她對遠在異邦長女的想念和眷顧通通轉移到我們的身上了。

民國七十幾年，軍人出國仍受限制，與國外電話聯絡也不甚方便。內人素真帶著慈、寧二女，以及特別錄好的錄音帶和我的近照，第一次到新加坡去探親。據素真返臺後轉述，她們到了後港家中，當媽媽看著照片，聽錄音帶裡我傾訴二十幾年來的孺慕之情，她頻頻拭淚，並對著錄音機應和，我喊「阿麻」，她應「喂ㄟ」，還對著收錄音機說「哇哉，哇哉。」確實媽媽非常瞭解我對她的思念之情，她也隨時隨地關心著我的成長過程和最新的狀況。

民國七十八年五月，在二叔及彩娥妹陪同下，媽媽第一次返回國門，時近母親節，我特地買了蛋糕慶祝，媽媽非常開心，全家人一起吃蛋糕，留下美好的歡樂回憶。八十五年媽媽返鄉時，我在鳳山擔任學生部隊指揮官，因「埔光演習」（陸軍官校校慶）在即，無法回臺北招呼，她便與二叔搭火車到南部來看我，當天晚上安排他們夜宿官校作民樓招待所，翌日參觀由鄭守鈞教育長主持的校慶閱兵分列預演，二叔很低調的選在東看臺觀禮，教育長知悉，親自邀請他們上司令臺貴賓席參觀全軍禮，當她看到我全副戎裝擔任典禮指揮官，頗感欣慰。二叔常說：「為人子女孝順雙親，不僅是做到能供養，還要讓父母以你為榮。」我沒有把握是否做到「以顯父母」，但媽媽觀禮後的欣喜之情，的確對我在軍旅生涯中產生一定程度的鼓舞作用。

民國八十六年初，陸官派員自費組團到新加坡參觀武裝學院和其他軍事設施，那是我第一次到新加坡探望媽媽。我利用自由活動時間到了後港的家，並撥了電話讓她跟在金門的外婆講話，外婆在那一端殷切叮嚀要保重、要注意身體，她在這端頻頻點頭、說好好好。晚間媽媽還答應一道去外面餐廳用餐，並搭遊輪觀賞新加坡河的夜景和魚尾獅吐水的光雕美景，這可是媽媽旅星數十年來的第一次，難怪榮利妹婿連連驚呼「阿兄的面子真大，以前不論我們怎麼勸，她總是不肯出門！」我知道媽媽生性節儉，生活簡單樸實，她不喜歡到外面吃飯，這回恐怕是看在我的孝心，也不願掃大家的興致吧。

後來，我晉升少將（民國八十八年），她暨二叔專程由南洋回到家鄉一道慶祝，還陪著到湖前祭祖，告慰外公和陳家祖先，一起到餐廳宴請族親鄰里賀客，接受大家道賀，我們並且在後浦頭舊雙落前家族大合照留念。媽媽一向不擅言詞，但在一張張照片的淺笑中，仍可看出她內心的安慰與喜悅。

後來年事漸高，媽媽的身體慢慢變差，行動也不方便，便漸漸減少外出，當然回金門的機會就更少了。民國一〇一年因為外婆年邁（時年已一百零六歲）又病重，媽媽基於孝心，拖著孱弱的身軀返鄉探望，並羈留四個多月，但因不耐金門冬季的濕寒，感冒與腳疼不斷，乃回新加坡治療休養。翌年（一〇二）外婆仙逝後，她又回金門住了四個多月的長時間，嗣後也是因為病痛纏身、難忍家族的是是非非，選擇返回僑居地。從此到過世（一〇三），媽媽未再返回家鄉。

她病重時，素真到新加坡陪她半個月，一起過年，一起到新加坡最靈驗的觀音堂祈福。我則因公務羈絆，年初二才去探望她，她雖然身體極度不適，但仍強打精神、清晰而有條理的述說她對金門、對新加坡一些人和事的感受，以及其個人一生的心路歷程。我傾聽、我瞭解，但作為遠在天邊、職業特殊、難盡孝道的兒子，我自責、愧疚，卻不知如何補償和給予安慰，只能在聆聽之後選擇緘默。

去年（二〇三）六月四日媽媽病逝新加坡陳篤生醫院，二叔幫她選了一個道教「三清宮」納骨塔最好的塔位，可以看到老子《道德經》牌坊長長的碑文，面向開闊的視野和無盡的蒼穹，如果媽媽地下有知，應該看得到金門的方向，看得到「思源第」那棟二叔苦心規劃、專門為她返鄉居住而構築的宅第，即將落成，站在家鄉的汶浦水岸之畔，兒子我思及媽媽從金門到新加坡「等待」的一生，想到我們深長又短暫的母子情緣，子欲養而親不待，我的血和淚在心底深處流淌，我只有燃起一瓣心香遙祭、輕輕呼喚：「媽媽，魂兮歸來！金門是我們永遠的家鄉，盍興乎歸來！」我相信媽媽一定知道，也看得到，我深深的相信！回家鄉來吧，媽媽。

大姊與我

大姊彩華，又名彩玉，家中長輩都喚她「玉仔」，或暱稱「猴玉仔」，因她肖猴。大姊民國三十三年農曆八月初四出生，長我九歲，出生四個月，先祖父卓耆公棄世，因此她是我們家族唯一被祖父抱過的孫子。

大姊生長在一個顛沛流離的年代，出生時也正是家境最清寒困苦的時候。雖然是長女，並沒有受到特別的寵愛，反而因為諸弟年幼，從小就必須跟著娘親下田種菜、割草、餵豬，在家燒菜、做飯、操持家務，是以養成她獨立、堅毅、勤奮的個性。八二三炮戰爆發，大姊由金門中學初中部轉學省立高雄女中，在校成績非常傑出，在校時，曾因某位老師非常勢利眼，常常藉機羞辱外島轉學生，她不甘受辱，毅然起而辯駁，雖然引起老師不快和報復，卻受到同學的肯定與尊敬。初中畢業，因為家境所限及父親「女子無才便是德」的觀念，未繼續升學，便返鄉協助家計，到沙美看顧父親與聯陞兄合營的雜貨店。她的精幹、仔細，加上自律、勤快，很快就成為聯陞兄的好幫手。但大姊喜歡上學、成績也很好，未能繼續唸書，成為她終生的遺憾，晚年與我們談起此事，還是有著太多的扼腕與憾意。她雖然輟學，卻仍勤於閱讀，喜歡紅樓夢、聊齋誌異以及唐詩、宋詞等書籍，我國中時期很多課外書，都是來自大姊的書架。

大姊能到臺灣唸高雄女中，在那個年代的金門，是非常少見的。她對許多事情都有自己的看法，即使家族、鄰里對她有所批評，也不改其志。譬如她不像其他的女生愛穿裙子，而總是穿著長褲，也從不化妝打扮，常素淨著臉，未用珠粉胭脂；往返沙美和後浦頭，大多以腳踏車代步，依當時民風，女性騎單車的情形也不多見。她很自信且具膽識，晚上在雜貨店打烊以後，常獨自一個人騎車，沿著燈火管制、黑漆漆的馬路回家，偶爾會遇到部隊派出的巡邏人員盤查，值勤的士兵若以手電筒直接照在她臉上，或言語輕佻，大姊都會毫不畏懼加以反嗆，因此沙美附近的駐軍，都知道鎮上有一位臺灣回來的「小辣椒」，並不好惹！

父親和娘親是最早「家庭計畫三三制」的實行者，只不過孩子數多了一點。從大姊、大哥、二哥到我，同胞四個姊弟，每人不多不少都相差三歲，大姊肖猴，大哥肖豬（民國三十六年生），二哥屬虎（三十九年次），我屬小龍（四十二年底出生）。因為父親經商，常年在外，母親在家鎮日忙於農事，因此，孩子的管教，只有大狀況才會由父母出面，餘則施行「逐級管教制」。人說「長姊如母」，大姊當然最具權威，可以代理爸媽管教我們三個小毛頭。她一向自我要求甚嚴，也疾惡如仇，但對弟弟們所犯的過失，卻總是以說理代替打罵，甚少處罰我們。唯一的一次，令我印象深刻，雖時隔五十餘年，仍然歷歷在目，無法忘懷。事情是這樣的：

不拘小節的二哥，跟堂姑婆的孩子（其實年齡相彷彿，應該是同班同學）爭吵互毆，對方當然不是二哥這位運動健將的對手，吃了虧之後，一狀告到娘親那兒，講起倫理輩份，堂姑婆的小孩就是表叔，打了表叔可是犯上哪！娘親非常生氣，把二哥拎到祖先牌位前跪著，嚴加訓斥，不意二哥深感委屈，竟出言頂撞。大姊見狀，即拿出指南宮籐條加以責打，挨揍後，二哥隨即奪門而出，往池塘堤岸（現在的榮湖畔）跑去，大姊見他居然不服管教，乃掄著籐條緊追在後。二哥情急之下，跳入池塘，往對岸後水頭方向游去，大姊也隨著涉水企圖追上，一直到水沒胸口，在池塘裡載浮載沉，眼看就要溺水，二哥聽到我在岸上的驚呼聲，回頭看到此一狀況，急忙轉頭往回游，將大姊救回岸上。二哥原以為將功折罪，這件事情應該可以了了，不料大姊雖然衣褲濕漉漉的，一身狼狽，卻依然厲聲喝斥，要他跪在堤岸邊，鞭起鞭落，痛加責罰。

事過幾十年後，我們姊弟相聚聊起此事，笑聲裡帶著淚水，大姊當年的威儀畢現。民國八十二年大姊過世時，二哥已罹重病，雖經父親極力勸阻，但他仍然撐著孱弱的身體，堅持從臺中梧棲去到高雄，親自送大姊最後一程，告別式場上，二哥觸景傷情，嚎啕大哭，涕泗縱横，直喚著「俺姊－俺姊」，想必痛徹心肺。沒有兒少時的手足真情，那來爾後人生路上的相互扶持與憐惜照應？生命固然有其極限，但同胞之情卻是永遠難以割捨、改變的。邇來，目睹左鄰右舍兄弟為爭祖產而反目成仇，不禁感慨係之，更加懷念大姊與二哥的手足之情。

後來，大姊與在農會做事的姊夫結婚。婚後，在父親的協助下，於沙美博愛街開了布店，以賣布料為主，兼賣學生制服、內衣褲、鞋襪等貨品。她頭腦清晰，富有創意，是做生意的好手。她對待客人都很客氣，不分貴賤貧富，一概以禮相待，甚至只是早市來寄放工具和貨物的鄉下人，也是熱忱招呼，從未怠慢。因此，從沙美到西園、山西、劉澳……等地方，都有她的鄉下友人和好姊妹。記得有一位來自西園村的大姊，每天早晨都會到沙美市場賣蚵仔，她個性豪爽、嗓門奇大，經常在賣完海蚵後，即粗衣雨靴到店裡來喝茶聊天，大姊從不以為意，還向其他來客介紹蚵仔姊是她的好朋友。大姊好客、熱忱，對任何人都真心相待，即使她遷臺多年，蚵仔姊等好友遇到我，還會問起大姊的狀況，想念之情溢於言表。

大姊在我心目中，是一位俠士型的女性。她豪爽、大方，孝順父母，友愛兄弟、堂弟、堂妹，對人有情有義。我記得，大姊有幾位從小一起長大的姊妹淘好朋友，她對她們也常噓寒問暖，關照有加，經常在各方面協助她們。但她們的運氣較好，有機會繼續進修，有人當了小學老師，或者嫁給高中教師的。因為彼此的生活圈不同，話題也逐漸有了差距，於是越來越疏遠，大姊遷臺、生病，也不見她們關心聞問，知情者憤憤不平，頗有激憤之詞，然而姊不但沒有抱怨，反而不斷替她們緩頰，找理由。有位姊夫楊姓友人（也是金門鄉親），倒了姊一大筆帳，那筆錢，幾乎是她開布店所有的獲利積蓄，我知道姊很傷心，但她也從未口出惡言，只是責怪自己識人不明。姊一直就是如此寬厚待人！

民國六十二年，父親與人共同投資，在高雄市建國二路蓋房子，並開設經營臺金航運的建華公司，請原在縣農會服務的姊夫辭職，到臺灣來協助發展。翌年，大姊便將已經具有規模的「協發布莊」頂讓予大嫂，舉家遷居高雄，對於放棄多年苦心經營的店面，她有著太多的不捨，晚年時更常對此抉擇顯示悔不當初的神色。是啊！離開沙美，何止是放棄一幢店面，棄守的更是苦心創立的事業和經濟自主的能力；同時割捨的，還有原生土地和太多太多親情與友情的支持力量。不愉快的晚年，使她更加思念故鄉的一切，這是她的無奈，也是僑鄉在外遊子的無奈啊！

大姊對她的弟弟們是最慷慨的，大方到大家都有點吃味。她對大哥、二哥的照顧，我恐怕難以說得清楚，但姊對我這個么弟的關照與愛護，恐怕是我難以報答於萬一的。我國小畢業，有了第一支鋼筆，那是大姊送的。國中畢業，將要參加金門中學的入學考試，因為老家雙落大厝人多嘈雜，大姊為了讓我可以安心準備，特地為我在布店後方的布料、衣物庫房，隔出一間書房，書桌椅、檯燈及各種用具，一應俱全。並且每天早上替我準備廣東粥、油條等豐盛的早餐，送到書房替我加菜。嗣後，我也順利考上金門高中和臺灣的省岡中，總算沒有辜負姊的一片苦心。

我到臺灣讀高中、唸軍校，甚至畢業任軍官，放假時在高雄的唯一去處，就是大姊家。因為軍中課業和工作緊張繁忙，精神緊繃，所以經常一到大姊苓雅寮的家中，將行李放下，便進入客房呼呼大睡，一直到她叫我吃午餐才醒來，而飯後聊不到幾句，我又要搭車回鳳山了，這種模式維持多年，大姊從未不悅或抱怨，當然也要感謝姊夫的包容和兩位小外甥（女）的體諒囉！

娘親過世後，大姊承接了長姊如母的角色。她搭會強迫我存錢，幫我買了第一條也是唯一的牛仔褲。我吃的第一個日本富士蘋果，是姊夫到長崎出差買船帶回來的，外甥毛毛、小琪和我一樣，一人各只有一個。民國六十七年，我準備結婚，大姊忙著幫忙張羅各種必需品，買西裝、領帶、皮鞋及睡衣……，還帶著我到苓雅市場最大的那家鐘錶行，買了支精工生產的第一代石英振盪的新錶，花了她將近五千塊錢，而那時一個中尉的月薪，也才不過四千元！那支近四十年的手錶現已停擺，找了精工臺灣總代理，也找不到零件，我準備用框精緻裱掛，珍藏在「思源第」，讓後人都知道這個故事。

婚後，我搬到臺北三重，而父親住在梧棲，加上我離開陸軍官校後，隨部隊四處調動，因此到姊家的機會變少了。但過年過節，我們一家大小還是會到姊家作客。孩子們最喜歡到大姑姑家，姊把她們捧在掌心上，寵的不得了，除了有好吃的金門燕菜、蚵乾飯及閩式薄餅（春捲），還有新衣服和玩具。外甥女小琪比我大寶女兒年長，她穿不下的衣服，姊都洗燙打包，全數移交。民國七十年代，軍人出國仍受管制，於是妻在過年時經常會帶著兩個女兒，到雅加達或新加坡，代表我探望問候老人家。被限制出國的我，如果沒有留值戰備或返金，則只有永和、梧棲和高雄三個去處。有一年除夕，我決定到高雄去看姊，當天一早將妻女三人送進候機室，便搭國光號南下，不料高速公路狂堵，車行龜速，走走停停，預計午後可以抵達的，居然拖到十點才到高雄，轉乘計程車到姊家，已經近十點半，一桌子年夜飯原封不動，大姊一家四口都還等著我圍爐呢！這是我終生最難忘的年夜飯之一。

民國八十一年底，我和妻在二女兒小皮出生後，相隔漫長十年，才又生下獨子小多，姊欣喜萬分，雖然她當時的病情已經開始惡化，但仍惦記著小侄子何時滿月，親筆在紅包上寫著妻的名字和恭喜的祝福，寄來六千塊禮金祝賀。妻看到姊的筆劃紊亂，又將「素真」寫成「淑真」，很難過的打電話到通霄的駐地給我，說姊的病情恐怕不輕，囑咐我趕緊去探望。我從苗栗趕到高雄看她，姊形銷骨立，卻堅強的安慰我，叫我不必擔心，要以任務為重，趕緊回部隊吧。那是我和姊最後一次站著面對面講話，再次南下探視，她已住進長庚醫院，意識雖然清楚，但已無法明白表達。

民國八十二年六月四日清晨六點，姊由長庚打電話到內湖家裡找我，妻告訴她我在軍中，並給了部隊電話，她隨即打到辦公室，清晰的告訴我：她很好，不要擔心，並且慎重的說了再見。我聽姊的聲音清亮，稍微寬心。不意當天下午即接獲病危通知，我急忙趕往高雄，她已呈彌留狀態，因翌日宋省長將到轄區溫雅寮班哨慰問，姊夫要我先回部隊處理公務，若有最新狀況，他會儘快通知我們。五日凌晨，我搭小青蛙海巡公務車剛剛回到指揮部，即獲知大姊已經走了。據姊夫事後告訴我們，姊當天（四日）清晨四點多突然甦醒，便急著要打電話給幾個弟弟，姊夫說現在大家都還沒起床，勸她稍晚再打。她瞪大眼睛挨到早上六點，就依序撥電話給我、大哥和二哥，打完電話躺回病床，就此昏迷不醒人事。唉！大姊在她油枯燈盡之際，卻依然掛記著同胞手足，掙扎叮嚀我們寬心並作最後的道別。

二〇一三我中將八年停年屆滿退伍，次年（二〇一四）清明，特地南下掃墓，稟報大姊知悉。大姊去世後，民國九十四年、九十五年，我在鳳山擔任步校校長，因地利之便，都在清明到高雄大社去給姊掛墓紙，並告慰她我已晉升之事。還記得九十四年給姊上墳時，看荒煙漫草、雜草叢生，墓碑斑駁、字跡湮沒，頗為蒼涼落寞而不捨，我一個人放下鮮花素果與香燭，臨時再去購置鐮刀、油漆等工具，先斬草伐木，再描字上漆，花費大半天，就只想為姊做一點事，僅有的一點事，汗流浹背、割傷破皮，又算什麼？這只能回報姊姊對我的關懷愛護的一小分分而已。

姊知道當年的軍人與教師薪水微薄，加上孩子陸續出生，又要付內湖住家的房貸，我們夫妻負擔不輕，她擔心部隊四處調動、擔任主官應酬難免，不知妻給我的日用所需是否足夠，故經常瞞著姊夫，偷偷塞給我三千五千，直到多年後，她身體差了，而我也已經升到上校，才予婉拒。但當我不願再收下她錢時，我發現姊的神情似若失落，甚至是難過。事過很久以後，我才慢慢想通：姊是透過這種方式表達對我的關心，我的拒絕，讓她覺得么弟已經疏遠了。這麼多年來，我經常回想起姊當年的表情，內心無比的懊悔和心痛，我想：假如姊現在還健在，即使我已晉升到中將，收入已有大幅改善，但還是會欣然收下她塞給我的錢，並給她一個熱情的擁抱。因為，我知道她塞給我的，不僅僅是錢，更重要的，是手足之情和無邊的關愛。

唉，往事已矣！我景仰的大姊，俠女風範，性格堅毅，明快果決，是非分明，為人熱忱，做事幹練，孝順又慈愛，真是令人懷念啊！若說人間有憾，天不假年，姊不滿五十歲早逝，人生太過短促，就是一大遺憾；姊天資聰穎，又具幹才，沒能接受高等教育，也沒有機會在商界展現長才，遷臺後只有窩居家中，這又是一大遺憾！嗚呼，時光無法倒流，而今一切的遺憾都難以彌補，我們就在心底記住曾經的美好，把缺憾還諸天地吧！

惠安姑丈

從小我就喜歡聽大人說故事。孩提時，我聽過最好聽、最吸引人的故事，不是娘親的床邊故事，也不是老師說的中外童話，而是三姑丈所講的他們惠安老家的鄉野傳奇和風俗趣事。

我有五個姑丈，大姑丈早逝，余生也晚，無緣認識。二姑丈僑居馬來西亞，四姑丈身陷對岸廈門，緣於地理和政治阻隔，也從未見過這兩位姑丈。五姑丈下南洋前，我年幼印象模糊，及長，他與五姑一起返鄉時，偶有機會見到，但接觸不多，當他晚年常返鄉時，我卻又身羈軍旅，只能遺憾緣慳吧。所以，就只有常住金門的三姑丈與我們接觸最多，關係最密切，也最受孩子們歡迎。

三姑丈福建惠安人，民國三年生，名諱莊轉生。惠安位在泉州灣和湄州灣之間，與金門相隔一道淺淺而狹小的水道，直線量測，僅數十公里，是許多金門人的原鄉。惠安以石雕、石材和堅毅勤樸的「惠安女」聞名，然而半世紀前的惠安，其實與絕大多數閩南地區一樣貧困，因此年輕男子外出謀生者非常頻繁，尤其石雕師傅、木工、泥水工匠，往返晉江、廈門等市鎮工作，更是司空見慣，轉來金門打工者，亦甚常見。

三姑丈年少時，隨著惠安長輩到金門蓋房子，他是技術很精巧的木匠，因為勤勞樸實，先祖父卓耆公極為欣賞，便將三姑媽嫁給她。姑丈家在內地，婚後就近之便，先住在我們後浦頭「中間」祖厝雙落的護龍屋子，即使後來搬家，也是住在老雙落「慶餘居」後面，落番宗親的老宅子，也就是搬來搬去，都是距離我家幾步之遙，隔鄰而已。

民國二十幾年與三姑結婚時，姑丈憑著一技之長，加上勤快認真，有著穩定的收入，而當時家父尚未成家、幾位叔叔都未成年，姑丈基於「愛屋及烏」，因此對於岳家非常照顧，父親及幾位叔叔對他當年的協助與關照，都銘記在心，也經常提起。我未出生之前，姑丈是如何支援和協助我們黃家，我只能從長輩的口中略知一二；等我懂事後，親眼目睹：姑丈與父親合作開木材行（兼製壽板），他正是店裡唯一的棟梁支柱；而每年農忙時，三姑、大表姊及二表姊都拋下他們手邊的工作，優先來幫忙我們家播種或收割，是幫農的主力骨幹，尤其大表姊翠金，身手俐落、熟練，連一般成年男子都遠不及她的效率呢！

姑丈對祖父母極為孝順，民國三十三年祖父過世，他協助家父操辦所有的喪葬事宜；他稱呼祖母為「三嬸」，而不是和姑媽一樣叫「俺娘」或「岳母」，我猜大概是初到村子打工時，跟著別人稱呼（祖父卓奢公在兄弟中排行第三，族親子侄輩稱其「三叔」），一直改不了口吧。祖母六十大壽，他用最頂級的福杉，幫老人家預先打造了一副壽板，就豎立在我們老家大廳進門的右側，歷經三十二年，祖母民國六十七年逝世時，就是用那付壽棺大殮的，抬出家門到公祭場地，居然要八個年輕力壯的男子費盡力氣才抬得動，足見其沉重。按照閩南習俗，在那個苦難的年代，子女晚輩能幫父母長輩預先備好壽材，老人家不僅不以為忤，反而認為是孝心的最高表現，也是富貴的表徵。

童年時，我們最喜歡在夏日夜晚，坐在小板凳上，圍著大人聽故事，其中就以姑丈的故事最具吸引力。他所講故事，大多是惠安老家的一些風俗趣聞、掌故，以及鄉野傳奇，譬如：老虎下山吃人，如何神出鬼沒；狐狸變成人形跟道士鬥法，你來我往；還有精靈蟾蜍以清泉滋潤蓮花山，明朝皇帝計破惠安龍脈，以及惠安女如何下海捕魚謀生……等等，每個故事都讓人聽得瞠目結舌、神馳心動。

如今回首前塵，停格在那段令人懷念的時光：只見滿天星斗，夜涼似水，在靜謐的汶浦聚落池塘邊，姑丈用濃濃的惠安鄉音、輔以生動的表情與手勢，娓娓描摹著惠安故里的點點滴滴，那些遙遠而金門所沒有的事物，是如此的新奇而引人入勝。兒時我們帶著奇幻故事入夢；長大後，負笈他鄉，四海飄泊，並沒有因為時空久遠而淘洗淡忘，反而隨著年歲漸長沉澱與反芻，益發印象深刻。當年，我只愛聽那些新奇的鄉野傳奇，卻無法理解姑丈何以那麼有耐性、那麼博學多聞？在叨叨絮絮訴說著老家的人事物時，又怎麼也會聲音哽咽、淚光乍現？現在，我年屆花甲頗能體會當年姑丈那一種濃郁的鄉愁，鄉關不遠，但政治的鴻溝與漫天烽火，卻阻斷了歸途。一直到民國六十一年姑丈過世，兩岸都處在劍拔弩張的緊張態勢，有家歸不得，恐怕是他最大的遺憾吧。

早年的金門，生活困苦，一般人平日很少有機會吃到肉，只有過年過節或祖先忌日等特殊的日子，才能吃到豬肉、雞鴨或魚蝦等食物。在農業社會，可能因牛是重要工作伙伴，總不忍殺牛而食其肉，或民俗傳說（有人算過八字，不可以吃牛肉）等要求，所以當時在金門鄉下敢吃、會吃牛肉的人，還真的不多，吃牛雜（包括牛肚、牛心、牛蹄及牛尾等內臟、頭尾、四肢等部位）的就更少了。但是，三姑丈卻有一項「絕活」——燉牛雜。只要他風聞什麼地方要屠宰牛隻（那時金門還沒有什麼「全牛大餐」，殺牛很稀罕，久久才有一次），就去預訂那些處理起來費時費工的牛雜（正因如此，所以價錢都很便宜），帶回家很有耐心的分類處理，用明礬、鹽巴，一遍又一遍清洗，處理乾淨了，就會放到五十加侖汽油桶切半的克難大釜裡，加了老薑、陳皮及細鹽，用砍劈的大材燉煮至少四、五個時辰，熬煮時肉香四溢，連隔壁村子後水頭都可以聞得到呢！大家都知道：「轉生姑丈又在焢牛肉囉！」到了傍晚，不用廣播通報，一群「小饞鬼」已經主動報到，端著碗圍在那兒，管他八字准不准吃牛肉，先補充蛋白質再說！姑丈一向大方公平，分配時一人一碗，包括他的小孩都不例外。在寒冷的冬夜、氤氳裊裊的炊煙裡，手捧著那碗熱騰騰的牛雜湯，那種幸福的感覺，真是令人難以忘懷。幾十年過去了，我一直到現在，還是非常喜歡吃牛雜湯，但吃遍了全臺各地的牛雜湯，卻怎麼樣也找不回當年姑丈所烹煮的獨特味道了。

姑丈跟當時大多數的工匠一樣，偶爾喜歡小酌兩杯，而姑媽偏不喜歡他喝酒。為了省錢和不著痕跡（不要留下酒瓶），他想了一個變通的方法，就是化整為零，到小店一杯一杯的買，他喝的酒，通常是五加皮或紅露酒，哪有現在的高粱酒，更不用提什麼「XO」或「二十一年皇家禮砲」了。他最喜歡找我幫他去祖厝前豬伯家的小店買酒，原因是他認為，在子侄輩中我最勤快、使命必達、帳目清楚（找回來的零錢，絕對如數繳還，不會暗砍），但最關鍵的，是我老實可靠、口風很緊，從不當「抓耙子」。但姑丈後來因為喝了劣質酒而造成行動不便，也沒有辦法再做木工了。我知道後，頗為內疚後悔，我想：假如當時我能及時向三姑示警，讓她去阻止姑丈喝酒，姑丈的人生，應該會有不同的發展吧？

姑丈生長在惠安，工作、成家、養兒育女到逝世都在金門，也葬在金門，終其一生，都身不由己的在大時代的浪潮裡浮浮沉沉。或許比起我們落番至異邦的族親，姑丈已經幸運多了，起碼擁有一個溫暖的家、安定的生活，而且站在金門的土地上，就可遙望近在咫尺的家鄉。但我想：望鄉而無法歸去，是不是另一種更深沉的痛苦與遺憾？忠厚寡言的姑丈，從未與人提及個人的感受，但由他細細描摹的惠安故事裡，我們可以深切地瞭解：姑丈從未忘懷那「背上鋤頭、畚箕和地瓜乾」、「萬女鎖蛟龍」的故里。

從姑丈的生命故事裡，我瞭解到：無論多麼平凡的人，都有其豐盛而深刻的內涵，值得讚嘆和敬畏。我的三姑丈，是一個平凡的木匠，但卻在我年少歲月中，扮演著不平凡而重要的角色，帶給我很多啟發，惠安姑丈謝謝您！

金門傻瓜仔漂流記

從小娘親給我取了一個暱稱乳名：「傻瓜仔」，至親也都如此稱呼，一直到我上了國中，才改稱「炳仔」。所以，我就是「金門傻瓜仔」。

早年離島金門鄉下，因為貧窮，加上醫療條件不足，孩子夭折比率很高。鄉親傳說：孩子越「貴氣」越不好養育長大成人，因此常常會幫子女取一個很「臭賤」的乳名，意謂油麻菜仔，隨地種隨地長，不易被魔鬼妖魅給帶走。於是，我娘幫大哥取了「乞丐仔」的乳名，二哥順理成章就叫「小乞」，外人為了便於識別，就喊我大哥、二哥作「大乞」、「小乞」了。作為大小乞丐弟弟的我，為什麼會成了「傻瓜仔」呢？其實另有一段較曲折的故事。事情是這樣的：

金門老家農忙季節，家裡能做事的男男女女都忙得不可開交，我當時年紀跟現在的小T寶相彷彿（概約兩三歲吧！），留在家裡沒人照顧，也不放心，通常娘親或阿嬤我的祧母）會揹著我到田裡工作。有一次，娘親用扁擔挑著兩隻竹編

「酒籃」（在三四十年前，臺灣的米酒、五加皮及紅露酒等船運到金門所用的方型竹籃，可以放兩打米酒的大小），一邊放農具，一邊坐著我，一路挑到山上。娘親把還坐在酒籃裡面的我安頓在木麻黃樹下，折幾枝樹葉給我當玩具，就下田去了，她從清晨一直忙到中午，都忘記了有一個小小孩還放在樹底下呢！更離奇的是，我坐在籃子裡四個小時，不哭也不鬧，屎尿都拉在籃子裡。晌午時分，娘突然想起急奔過來，沒想到我居然歪著頭倚在籃框邊睡得可香呢。於是「傻瓜仔」之名，不脛而走，就此跟著我十幾年。

傻瓜仔真的是憨憨傻傻，沒見過世面，讀小學前，我只跟隨四叔的駝馬，到過幾次山外、湖前，代表落番的阿嬷，去探望外公、外婆，此外，從未踏出我家田園所在的範圍。國中小時代，包括畢業遠足在內，到金城的機會，絕對沒有超過十次，更別提去參加近年很夯的「迎城隍」等迎神賽會等活動。也就是說，在國中畢業前，我整個生活的空間，都脫離不了沙美，和咱後浦頭村子那個小圈圈。想到我那小外孫女T寶，兩歲娃兒，往返美國臺灣，從德州達拉斯搬到美東華盛頓特區，假日華府、維吉尼亞、馬里蘭、賓州，還去過紐約，到處趴趴走，真是令人羨慕呢！

民國五十八年傻瓜仔國中畢業，是我第一次離開金門家鄉。在一個月黑風高的晚上，由三叔開車，通過環島東路層層部隊交通管制哨的盤查，到新頭搭海軍的登陸艦赴高雄轉屏東，去投靠就讀屏東農專（現在的屏東科技大學）的大哥。一只簡單的行囊，一襲上面仍然繡著「沙中」二字的學生服，就此踏上離鄉背井的征途。在登陸艦上的狀況，我的同學名作家黃克全在他寫的《島之書》〈時間——一個空鳳梨罐頭〉文中有一些細膩的描述。而當時的我，攀在登陸艦甲板的纜繩上，看著太武山越來越糢糊的山影，當時的心情，像一隻剛剛離巢的雛鳥，此去「暮靄沉沉楚天闊」，面對不可知的未來，男兒志在四方的豪情和頓失所依的忐忑不安，其實是兼而有之的。

第一次離開家，第一次離開土生土長十五年的母親島，也是傻瓜仔生平第一次搭船。搭船的初體驗因為時隔久遠，已經很淡很遙遠，只記得滿坦克艙一人一方瓦楞紙板、或坐或臥的人群，以及濃得化不開的重機油味，還有艦上販售便當切半的滷蛋，和薄得站不起來的西瓜（我從軍以後，經常以此事調侃海軍的同學）。除此，我幾乎有三分之二的時間是在昏睡，一直到廣播「高雄到了，完成進出港部署」，才匆忙拎著行李擠到甲板看燈火輝煌的高雄港。船靠十三號碼頭

（現已由高雄市政府接管，改稱「光榮碼頭」），返臺軍人與百姓雜遝，軍方的廣播和親朋相互招呼、催喚聚攏的喊叫聲此起彼落，我根本搞不清東西南北，也沒約人來接，隨著人群亂鑽，最後幸運的搭上一輛開往高雄火車站的軍卡，順利在火車站西側廣場下車，大夥一哄而散，因為天還沒亮，我只好步入候車大廳，胸抱行李坐著打盹兒。

清晨，火車站開始運作，我買了往屏東的普通車車票，聽著火車轟隆轟隆的啟動和汽笛聲，就是看不到火車！心裡好著急，火車在哪兒？這該怎麼上車到屏東找大哥呢？四十年前的高雄火車站，在月臺與大廳中間，有一排比人還高的番紅花灌木圍籬，從大廳無法透視月臺，其實我也只在電影場景中看過火車，實體火車大小、形狀，從未見過。我在大廳焦急的走來走去，又不好意思請教旁人，直到表定發車時間迫近，才鼓起勇氣詢問服務臺的小姐，火車到底在那裡？服務臺小姐滿臉狐疑的瞪著我，嘟著嘴唇，指向站著鐵路局員工的柵門說：「去問那個人！」還好當時我只是個毛小孩，否則她大概會誤以為是故意搭訕的，但迄今我還是很難忘記當時那位小姐奇怪的表情。

很感謝剪票口那位先生，他不僅熱心的告訴我，要下地下道才能到月臺，還反覆叮嚀，走到底的第四月臺才是到屏東的車。在第四月臺，我終於搭上開往屏東的列車，但糗事仍未結束。火車過鳳山、後庄、九曲堂、六塊厝，終於抵達屏東，（時隔數十年，看我記得多清楚啊！）我把車票遞給收票員，輕快的步出車站柵門，沒走幾步，就發現後領被一隻粗魯的手往後拉住，接著一聲低吼：「小鬼！你逃票。」原來是收票員拽住我，我立即掙脫並厲聲回嗆：「我哪有？票已經給你了！」他接著說：「你買普通車，卻搭平快車。」我反問：「甚麼是普通車？甚麼是平快車？」這下他愣住了，指著我問：「你哪裡來的？」我指了指學生服胸前的校名，滿臉通紅的說：「我是金門來的。」他略為躑躅似有所悟，於是朝我揮揮手，意思是你走吧！

傻瓜仔金門漂流到臺灣，十五歲國中畢業那個夏天，屏東火車站站務員那一揮手，我就此自由飛翔，在臺灣。此後我住過岡山三年（高中）、鳳山四年（官校），畢業後隨著部隊駐地遷移，從臺北京畿、大直，到桃園龍潭、八德、中壢，一路苗栗、頭份、臺中、新社、高雄，四十年軍旅走遍臺灣南北山巔海岸，期間也回鄉駐紮大金門、小金門三年多，如今褪下軍服，兩鬢飛霜，年少時那個「金門傻瓜仔」似乎已見過世面，也不該被說憨傻了吧？但是，我私心底，其實很懷念、很渴望再次被呼叫一聲聲「傻瓜仔」啊！那是我娘親和我阿嬤專屬的，是她們對自己小仔兒的暱稱，而今娘親仙逝已三十九周年，阿嬤去夏（二〇一四）也羽化成仙去了，我回到太武山下，對著榮湖，繞著後浦頭村子轉，哪兒聽得到那聲聲「傻瓜仔」呢？

輯三

親子

大宅門、小媳婦，臺金合作自組小家庭。
看小軍官熬成大將軍，軍人家庭如何經營？
天大地大，家裡究竟誰最大？公嬤爸媽還是小兒女？
海內外親族你來我往，要用愛把大家一網全兜住。

我家有棵樹

「我的家庭真可愛，春蘭秋桂常飄香……」每唱起這熟悉的旋律，總叫人心嚮往之，禁不住渴望也能與家人相親，擁有一幢屬於自己的小屋，營造一個溫暖的家，如歌詞所述的一般。你可曾想過自己理想的家園是什麼樣兒的？是豪宅大院？城堡樓閣？還是公寓大廈或鄉村小屋？從前未婚時，**我對「家」唯一的期待，就是一定要有棵大樹**。

當我還年輕時，在國語日報寫東西，曾有首兒童詩《我的家》，也算是對「擁有一棵大樹」的家的理想寄託吧。

我的家，／在鄉下。／小小的樓房／兩層高。
一家五口／剛剛好。
四周是田野，／屋旁有大樹。／夜裡靜極了，／聽不到噪音。
這樣的好環境，／住起來真開心。

一九七八年結婚後，才發現想要「擁有一個自己的家」還真不容易！尤其剛結婚時，年紀輕、收入少，孩子又接著來報到，吃喝要錢、醫藥要錢、奶粉尿布要錢，服飾交通也要錢，還要有備無患作儲蓄，幾近乎捉襟見肘，哪兒來的買房錢？連買個屋殼都極為拮据，更遑論可以「擁有一棵大樹」了。

為了有個「理想的家園」，當年就在「錙銖必較」精打細算之下，我和先生標會又拿出僅有的積蓄，在大寶出生前，咬牙買下第一個自己的小窩兒。這三重的小公寓，離我上班的學校與娘家都近，只有兩房一廳一衛，十九坪大，窩居水泥叢林一隅的公寓三樓，房價六成多貸款，自然是沒法兒種樹的。為了儘速還清房貸，好多年我們簡樸節約過日，不敢奢華、不能鋪張，許多衣服都是親友同事轉送的「恩典牌」，連客廳的藤椅也是分梯次購入，但我們卻不能苛扣孩子，曾經豪氣地耗資兩個多月的薪金，為怕熱長痱子的大寶女兒安裝冷氣！

在生了小皮之後，我們已經還清貸款，為了擁有較大生活空間，便以屋易屋、從小公寓搬到學校對面的大公寓，三房二廳一衛外加一個大陽臺，環境改善許多。在這個三十五坪大公寓裡，大寶上幼稚園、學鋼琴又上小學，小皮也上了幼稚園，我們還給大寶買了鋼琴。平心而論，這個家空間是夠寬敞了，只可惜仍只能把樹種在盆栽裡！

後來小皮要上小學了，我們為了給孩子更好的成長環境，又從三重搬到內湖，雖然還只是個三房二廳的大公寓，但有兩套衛浴與前後陽臺，而且兩姊妹的大房間可以隔成獨立的空間，全家人都喜歡這個家。內湖有山有水，湖光山色風景好，住家樓下轉角就是公園，綠樹就在眼前，真真是個居家寶地，再加上鄰居和善，人情味濃，實在是宜人宜居、可安家落戶的幸福寶地啊。在這兒，我們又生了黃小多，達到「**一家五口／剛剛好**」的數額，只差「**四周是田野，／屋旁有大樹**」，仍尚待努力了。

機緣湊巧，就在二〇〇〇年，我們買下瓏山林的家，三廳四房三衛的大空間，還有一方沃土的小小院落，種有一棵美人樹、一株福木、一株桂花、一叢樹蘭與七里香。蓊蓊鬱鬱的小院子，十多來年我們又添上紅竹、茉莉與春石斛，還新植一棵緋寒櫻，加上臺階上的幾株盆栽，綠意盎然，更見繁蔭深秀，俯仰其間，滿眼綠意，直教人心曠神怡，結婚成家歷經二十二年奮鬥，我終於擁有一方沃土，還不止一棵樹了！

瓏山林小花圃裡的美人樹，堪稱我家的「家樹」了，回想當初的追求：有個自己的家，生養幾個孩子，種上一棵樹。現在都實現了。就如《時光靜好，我亦不老》所說：**傾我一生一世，換取歲月靜好。如若歲月靜好，我亦微笑，亦不老。時光會記得，那些始終如一，那些年華的靜好，某些東西，深藏在心中，永遠不會老去。**

近日初秋微涼，正是美人樹花開落葉時節，我晨起灑掃庭除，到小花圃澆花，先生自己修剪花木，還在巷道掃落葉，微風習習，陽光和煦，歲月靜好，只覺一切美好盡在不言中。我們看那美人樹，樹圍十多年前初見時約莫有大碗粗，直徑十多公分，現在卻粗壯得樹身大約我伸臂都環抱不住了。樹猶如此，人何以堪？不禁感慨，四時不語，歲月卻不時催人老啊！我家的這棵美人樹，見證了我們家的成長奮鬥史，祈願歲月靜好，我亦不老。

人生路上有你，真好！

阿寶：

從小到大我總喊你「寶」，也打從心底把你當成「寶」，始終不願承認你早已長大成人、還念了博士，有一天將會找到理想歸宿、嫁為人婦；而今，就在轉眼之間，你都已完成終身大事，也自組家庭了。雖說古禮女子出嫁，母命之，訓勉女兒為婦之道，兼有祝福之意，但老媽我其實是還有許多叮嚀、許多牽掛，因此我就暫且把心裡許許多多想要告訴你的話，寫在信裡頭，慢慢說，和你一起分享吧！

童話故事裡常有「他們從此過著幸福快樂生活」的字句，而真實的人生路卻常是曲折不平，有起有落的。我們一出生就有父母細心呵護，成年後又能找到生命伴侶相愛相守，能夠有個「家」作為「安身立命」的穩固後盾，是很幸運的；就因為有這些最要緊、最親密、也最無法割捨的「家人」共扶持、相照護，我們才能共享歡樂，共度難關，勇敢面對生命中的風風雨雨。親密的家人就是：夫妻、親子、乃至手足，家人之間不僅是甜蜜負擔，也是不離不棄、禍福同享的生命共同體。所以，我們要懷著感恩惜福的心，對家人說：「人生路上有你，真好！」

你知道臺灣這些年生育率低到世界第一，為鼓勵生育，政府以百萬獎金徵求獎勵生育標語，剛揭曉的頭獎是：「孩子，是我們的傳家寶！」二獎是：「幸福很簡單，寶貝一二三。」三獎為：「孩好，有你。」確實，還好，有你，有了孩子，家庭更熱鬧有趣、也更美滿幸福。我和你爸比也因為有你們三姐弟，才感覺家庭更圓滿，不是嗎?當然，父母愛子女，天經地義，無庸置疑；但還需要，夫妻相愛，肯負責任，能提供孩子良好成長環境，又能敬愛長上，孝敬尊長；因為，這親子關係是爺爺奶奶、爸爸媽媽、到子子孫孫，代代相傳的。老媽希望你能以「包容」的心看待新家人、融入新家庭，結婚從原生家庭到融入新組家庭，就是生命的延續，也讓兩個家族有了新聯結，這Family Tree有根有源，枝繁葉茂，彼此之間「血脈相通」，我們身為Family Tree裡的一枝一葉，有「橫」的「豎」的「斜」的「直」的家人可以相攀附、相支援，並不是孤立隔絕的。

我知道有些人不願和老人家同住，因為老人常惹人嫌。我以前有位女同事，結婚時曾說：寧可花錢另外租屋，也不願與公婆同屋簷。我也聽過有婆婆檢查媳婦垃圾桶，關心過度問隱私，（衛生紙上穢物是婦人病嗎？有避孕嗎？要就醫嗎？）教人好不尷尬；但媳婦聰明很能化解，（感冒擤鼻涕，沒事。）還想到三代同堂爺奶與孩子都快樂，爺孫情緣何忍剝奪？大寶，把握當下，珍惜身旁的家人，只因為家人最親密，確實人生路上有你，真好！

老媽　於臺北

二〇一〇年九月一日大寶婚前

老媽的真情告白

大寶女兒出嫁了！從美國德州達拉斯的教堂婚禮，到南臺灣高雄的迎娶婚宴，再回到臺北的歸寧會親，橫跨太平洋兩岸與臺灣南北的婚事，從忙忙碌碌、點點滴滴的萬端經緯裡，直到親友長輩與孩子都搭機回去了，喧鬧奔忙都停歇了，一切恢復正軌，就留我一個人兀自在家看著婚禮照片與檔案，才真正感受到：女兒確定是已經出嫁了。

外甥在Facebook上貼大寶婚禮照片，我回應：「大寶真的出嫁了。」女婿消遣我：「媽，大寶七月在美國就已經嫁給我啦。」確實沒錯，大寶已經出嫁了，只是達拉斯的異國婚禮，雖簡單隆重又肅穆，但繁忙中來不及深思，我總覺得還不太真實；元旦高雄的迎娶，回到臺灣自己的土地上，親人團聚女兒被歡喜迎娶而去，我既欣慰又不捨，宛如割裂的剜心之痛油然而生，忍不住還是要掉眼淚；回到臺北場歸寧會親，海內外家族親友袍澤芳鄰同學同事齊聚一堂，大家都回來了，倍感溫馨，感覺是賺到一個女婿，女兒歡樂出嫁，有了依靠，而我也稍稍寬心。半年裡，辦女兒婚事的心情轉折，從忙碌而不真實、欣慰不捨夾雜、到溫馨歡樂寬心，還真不容易哩。

臺北歸寧宴上，我家爸比只有簡單致詞三兩句，特別感謝大家在這紛擾不安的氛圍中，依然情義相挺，真情感人，然後他就讓我代表說話了。我說，奕炳要我說話，「伊是卡憨慢講話，但是伊真老實。」其實他當年可是官校正言社的代表，還拿過全國最佳辯士，他是把機會讓給太太，把空間留給我呢。我感謝所有家人親友一起來參與這歡樂美好的時刻，女兒出嫁，我特別提出四個大家庭的愛，要港元與大寶學習如何經營婚姻與家庭：

一是老媽我三重娘家王家的大家庭，大寶的外公外婆、叔公嬸婆、姑婆阿姨舅舅們，愛護大寶教導大寶誠懇篤實、互助合作、體貼友愛分享，和樂待人，讓大寶在三重有十年的快樂童年，這是最美好最珍貴的黃金歲月。

二是我們黃家遍布金門、臺灣與南洋的黃家大家庭，家族枝繁葉茂，散居海內外，但彼此關懷，團結合作，又恪守本分，各盡其職，誠信樸實處事敦厚，是充滿愛的家族，阿公阿嬤、叔叔伯伯、姑姑伯母嬸嬸，都是最好的典範。

以阿公愛孫來說，每一回都遠從泗水訂做手工椰漿蛋捲，用鐵桶裝著，用手提以防碰碎，千里迢迢搭機帶回來給孩子們，直到這些年孩子上大學研究所才暫歇。阿嬤住熱帶赤道上的雅加達，卻每年給孩子們打毛衣，從澳洲買毛線、從臺北買編織書籍、坐在雅加達家中電視機前，一針一線鉤打各款毛衣，讓孩子在寒冷的美國可以穿著保暖。這是阿嬤手中線，孫兒身上衣，針針都是愛啊。

第三個大家庭是我們國軍袍澤的軍中大家庭，長官部屬同學同事袍澤情深，情義相挺，而且愛屋及烏，還照顧到袍澤的妻小，讓我備受感動。

印象深刻的兩件事，一是奕炳八八年剛從大金門到小金門時，大半年沒回家，端午節到了，副部長汪先生已經退伍，汪夫人也退休，沒敢讓汪先生知道，自己連夜做豆沙餡，花兩天做了兩串湖州肉粽與豆沙粽，然後搭三段捷運棕線轉藍線再轉紅線，送到士林我們當時住的眷村，說要給我和孩子過節，看到那兩串粽子，我眼淚都不聽使喚了。謝謝汪爺爺和汪奶奶。

另一件事是九二一地震後，丹恩颱風來襲，小金門路樹全倒，我幫忙找了臺北市養工處借了數十具電鋸，送到前線協助災後復建。那年年底陸總部在陸聯廳舉辦歲末感恩餐會，總司令陳先生把我找來，讓我坐在他正對面，主桌上全是高階長官，就我一個最資淺的少將眷屬，陳先生向大家說明我在颱風時幫了一點小忙，軍中大家庭前線後方是一體的，彼此關懷，藉著聚會互相打打氣。陳先生那幾句鼓勵慰勉，讓我久久難以忘懷，謝謝陳先生，軍中大家庭的溫暖我深深感受到了。

第四個大家庭是我的師友同事與芳鄰的大家庭，他們是奕炳身在軍旅，我照顧孩子持家最大的支持系統。就像我的恩師楊國賜校長楊老師，照顧學生就如自己的孩子，關心學生的家庭生活、關心學生的工作概況、還關心學生的生涯發展，我們兩串蕉去看老師，老師卻傾其所有的都搬給我們，綠豆糕帶回去給孩子吃、新出版的書籍帶回去研讀、連牆上的交趾燒也拿下來帶回去吧。而鄰居黃媽媽的蛋黃酥、林媽媽的饅頭、丁奶奶的滷牛肉與涼拌蓮藕，大家的拿手絕活兒我們都吃得到；學校同事還幫我跑市場買衣服、燉牛肉煮咖哩；大家幫我餵養孩子，拉拔孩子長大，真是感激不盡啊。

什麼是「愛」？愛是一個「受」一個「心」，用心感受、付諸行動，就是愛。所以愛不是名詞，不是形容詞，愛是一個動詞，要去「做」出來，有執行力才是真愛。上面提到的四個大家庭，王家、黃家、軍中到師友芳鄰，這些爺爺奶奶、叔叔伯伯、阿姨媽媽們都是最好的典範，用愛來關心照顧家人。

婚姻其實是個空盒子，兩個不同背景的人組成新家庭，就要用愛去填滿它，讓愛情變成親情，細水長流才長久。教育家福祿貝爾說：「愛是關懷、尊重、理解與責任。」希望港元和大寶學習體會出其中真諦，彼此關懷、尊重、理解與責任，尤其是責任，成家立業正是實踐愛的責任的開始。祝福港元和大寶，喜樂圓滿，長長久久，百年好合；祝福所有貴賓親友家庭美滿，健康幸福，百事吉祥。

老爸又缺席了

民國九十九年（二〇一〇）七月，長女懿慈在美國德州達拉斯結婚，我時任陸軍第十軍團兼第五作戰區指揮官，因時值漢光演習和災防汛期，無法赴美參加她的婚禮，因此，我抽空寫了一封信讓太太帶去給她，以表達父親的歉意和祝福。

身為軍人，我必須信守黃埔精神：犧牲、團結、負責的信念，堅守國家賦予我的職責。雖不能親臨女兒婚禮，我們父女都有遺憾，但我心甘情願，無怨也無悔，相信女兒也能諒解。

我想藉此告訴大家的是：國家的安全和社會的安定，是很多軍人和眷屬犧牲他們的青春、所愛、家庭，甚至是個人的幸福和健康所換來的。請大家給他們一些鼓勵和尊重，而不是以個案作全面的醜化和抹黑。以下是一位資深軍官寫給出嫁女兒的歉疚和祝福：

懿慈：

在經歷一次重大的演習後，我從地底的洞窟指揮所重見天日，揮別兵棋交戰的殺伐之聲，才回到中興嶺的辦公室，特地靜下心來寫這封信給妳。

非常抱歉不能親自參加妳和港元的婚禮。下這個決定，其實內心有著些許的掙扎，畢竟這件事對妳是大事，對我也非小事。所幸媽媽和妳經過三十幾年的軍眷生活，早已了然於胸並體諒我可能會做的抉擇，我會不會去美國，你們早已明白。媽媽更早在妳決定於達拉斯舉行婚禮的時候，便已作了單刀赴會的「單飛」規劃。

誠如古代名將司馬穰苴所說：「將受命之日則忘其家，臨軍約束則忘其親，援枹鼓之急則忘其身。」軍人是一種非常特殊的工作，必須犧牲小我的自由意志，去成就群體最大的利益。我自忖很難做到忘家、忘親、忘身的境界，卻自勉做一個稱職敬業的軍官。

在漫長而艱辛的軍旅生涯中，我真的非常感謝媽媽毫不保留的信任和諒解，也謝謝妳、小皮和多多，對一個在你們成長過程中最關鍵時刻，卻經常消失的無影無蹤的父親，採取一種最大的寬容和耐心的理解。這一次，我也期盼能獲得妳和港元的寬宥。

我很高興妳終於找到很好的歸宿，在欣喜、安慰之餘，也願盡父親之責，在妳出閣前，做一些陳腔濫調的叮嚀，拳拳相勉無他意，只希望妳未來的婚姻之路走得更平坦，和港元可以白頭偕老。

首先，我必須告訴妳：婚姻不僅是兩個人的結合，更是彼此家族的鏈結。因此，除了愛妳的丈夫、子女，更要敬愛陳家的長輩，尊重、關懷港元家族裡的每一個人。媽媽數十年來，無數次獨自一人帶著你們三個小孩，遠赴南洋、金門、高雄和臺中港，去探望阿公、阿嬤，姑姑和伯伯，更不辭辛勞在三軍總院服侍遠自金門來的叔公跟嬸婆，毫無怨尤，因而在黃氏族親中建立了賢淑的名聲，她是妳最好的榜樣。

其次，應該深切瞭解：婚姻雖因愛情而結合，卻必須靠持續經營、培養的恩情和親情來維繫，才不會因為年華老去，美貌不再而愛弛情散。而恩情、親情之所生，則來自恆久的關愛、體諒、相互扶持、鼓勵，以及不計代價的犧牲和付出。唯有堅定的恩情和親情，才能在歲月無情的變遷，和生命日漸衰頹的變化中，彼此相互扶持、不離不棄。媽媽已漸邁入銀髮族之列，即使挑染，也遮不住蔓延得越來越快的白頭髮不時冒出，但對我來說，這些都不重要了！因為她即使再老、再醜，依然是我的終身伴侶，更是我的摯友、姊妹，甚至是另一個母親，她是我生命中永遠不可或缺的重要部分，無論任何狀況都難以割捨。希望妳和港元也能體會，並身體力行這一份「牽手」至愛。

最後，我希望你學著去容忍港元的每一項缺點。人都是不完美的，不同的家庭背景和成長過程，會存在不同樣貌的缺點，加上認知上的差異，更容易放大對方的缺點。俗話說：「婚前睜大眼，婚後閉隻眼」，妳既已選定港元共度一生，就應該鍾愛自己所選擇的，容忍他的缺點，理解他的必然不完美，正如妳自己也未必完美無瑕。不要斤斤計較，為小事抓狂，更不要在生活的細節上吹毛求疵，而必須經常的提醒自己：不要讓「為小事爭執」變成婚姻的殺手。妳知道我和媽媽很少吵架，一則因為身在軍旅聚少離多，我在家時間本就不多；再則，每當我發現家中氣壓很低，都會

「走為上策」，先避其鋒銳再作他圖。（所以別以為我每次匆匆外出，都真的是去買晚報！）在這種狀況下會發生爭吵的機率是很低的！

媽媽經常嘲笑我是「理論派」，炒的一「口」好菜，卻很少下廚；打的一「嘴」好網球，也從未下場，是理論的巨漢、實踐的侏儒。不過在歷經三十餘年婚姻生活的驗證，上述的叮嚀應具參考價值，希望不致讓妳厭煩。

最後，祝妳和港元

新婚愉快！

父字　於興中山莊

民國九十九年七月

上尉的女兒，博士的爹

我家新科博士誕生了！二〇一二年十一月二十七日我在Dallas家裡一邊餵著奶娃兒，一邊開著電腦注意螢幕臉書動態，大寶正在Iowa論文口試，一會兒，臉書「登」地跳出個字「Done！」（完成了）我馬上回應她「好棒！」同樣在第一時間我家爸比也從龍潭傳送越洋簡訊：「大寶：恭喜通過博士論文口試，加油！爸爸。」前一天，爸比就在打回家的電話中，自顧自的來回推算大寶論文口試的時間與臺灣的時差，現在大寶順利通過博士論文口試，完成學業，老爸的欣慰自不在話下，畢竟這可是軍人爸比對大寶「愛的教育、鐵的紀律」，重要的教養責任與期待之一，如今見到成果，喜悅、感恩、驕傲、嘉勉、叮嚀、關愛，全都化為一則短短的越洋簡訊了。

傳簡訊祝賀嘉許，對軍人爸比來說已經是盡力而為了。身為軍人子弟，許多重要時刻，爸爸都是軍務倥傯、另有要公，必然缺席的！大寶從小學到現在的畢

業典禮，只有大學畢業爸比正巧有空參加，甚至大寶在美結婚，爸比也是只能寫一封長信叮嚀與祝福，不克出席。雖然軍人爸比在家的時間有限，但他關心孩子、管教孩子、疼愛孩子，卻絲毫不減、一點也沒打折。因為老爸治軍嚴謹、自律更嚴，他可是有一套獨到的父女情與教養觀呢。

所謂嚴師出高徒，虎父無犬子。這麼說來作為將軍的女兒，恐怕會很辛苦囉？**將軍的女兒？**其實大寶只是「**上尉的女兒**」，爸比是她上大學後才晉升將官，大寶可是一路跟著吃苦長大的。三十多年前，上尉爸比薪俸不到八千元，為了夏天酷熱、大寶長了大痱子，爸比大手筆花了三個月薪水安裝家裡第一部冷氣；大寶五歲學鋼琴，爸比更大手筆花上近十萬元買了臺Yamaha鋼琴！十年前大寶要到聖地牙哥念書，老爸老媽拚命存錢給她當留學基金、提財力證明，老爸還領著大家夥兒到後火車站鄭州路去選購兩只大皮箱給大寶出國用，結果老媽的車臨停竟被拖吊走了，全家人只好拖著新皮箱搭計程車去繳罰款領車，還真好笑。當然陸陸續續在成長路上，從買小娃兒的學步鞋到出國遊學、留學深造，乃至結婚、育兒，爸比在孩子的教育和生活支出上，從來就絕不手軟，他**秉持的教養觀就是：健康成長、完整教育、婚姻指導**。對這三個堅持，爸比曾多次豪氣地對孩子們誇口：你們要念書儘管念，老爸賣房子都支持你們！但一定要認清人生方向，把書念完，做好生涯規劃。

由於軍職羈絆，不能天天回家，所以爸比平日都以電話關心家裡妻小，天天定時「安報」（安全回報），和孩子們溝通，了解孩子的學習與成長狀況，偶而還會寫信，用家書補充「注意事項」作叮嚀囑咐。假日爸比回家就帶著孩子一起做家事、爬山運動、上館子打牙祭、參加親友聚會等等，從小到大幾乎都是全家集體行動，頗有「家庭團隊」精神呢。為了「健康成長」的首要目標，爸比要求孩子：作息正常、飲食正常、定時運動、愛整潔、勤勞動。孩子小時候，都「傻傻」的聽話「照表操課」，跟著去爬山、一起打掃屋子，慢慢長大就有自主意識

「不聽話」了，老爸爬忠勇山、鯉魚山，孩子只爬「枕頭山」，打掃屋子、刷廁所，老爸示範完畢，孩子拍手稱讚說：以後就繼續、繼續啦。所以至今將軍老爸回家還是照樣幫皮皮女兒刷廁所、下水餃、曬衣服，這孩子是「健康成長」了，但爸媽就「教養失敗」了。

唉，真是慚愧，老媽我也有責任，勤勞動、愛整潔，自己做多了，孩子就「懶」了、「賴」了。這回在美陪著大寶生產、坐月子，看大寶出國多年，是會做菜、也會做家事，但離老媽「整潔」的標準仍有段小距離，只有睜隻眼、閉隻眼、不看不管也就過了，可這些天大寶準備遷居東岸，竟連摺衣服、收納都做不好、連她自己也嫌煩嫌累，我看了就更自責了，難道從小帶到大、手把著手學習、呵護扶持成長、直到放手單飛的孩子，竟是皮皮女兒所揶揄的「瑕疵品」不成？

所幸，大寶的家事雖非一把罩，但「人生大事」的「**完整教育**」與「**婚姻指導**」，都還差堪告慰，不讓我們憂心：拿到學位、找到工作，生活可以安定下來；又結婚生子、成家立業，安身立命可以努力經營未來人生。爸比對「教育」的堅持，是緣於眼見周遭許多肇因於未能接受完整教育、而導致事業與家庭雙重困境的案例，所以感觸特別深、才有此體悟與決心。有幾位我們所熟識的人都學業中輟，有高中沒念完、急著去外頭闖蕩的；有顛顛撲撲留級、重考、轉學的；有眼高手低、光說不練不做只原地打轉的；有大學念一半、自己離校離家自我放逐的。後來他們受限於學無專精而就業困難，至今「四十五十而無聞焉」，只能從事勞力工作或不斷轉換單位，日子過得艱辛又不快樂。

我知道爸比並非食古不化的士大夫思想，以為「萬般皆下品、唯有讀書高」，爸比堅持的是適性發展、學有專精的「**完整教育**」，至少把書讀完，念畢業；我們畢竟不是天才比爾蓋茲或祖克伯，哈佛念一半就去創業，而且大有成就，那機運實難掌握。依循務實的作法，具有專業與專精才能受人尊敬、被人需要、對社會有貢獻，才能自食其力、自給自足、自立更生啊。

更讓我們不勝唏噓的是，周遭這些未能接受完整教育的友朋都在外闖蕩、自己作主而「草草結婚」，父母似乎對孩子的終身大事未曾給與「**婚姻指導**」，沒有要求、也沒有意見。諸如ABCDE幾個我們同輩或小輩，有熱鬧訂婚卻又找到另一個伴而退婚另嫁的；有與人私奔又回來再另覓伴侶出嫁的；有自己堅持去當繼母而受騙受苦的；有先有後婚生下一串孩子生活拮据的；有認識不清匆匆結婚而鬧分居離婚的。我常想，婚姻大事雖是兩個人你情我願、你儂我儂的私事兒，但真還需要父母幫忙「看」一下、「說」兩句，婚姻非兒戲，要婚不婚、早婚晚婚端看緣份，在這場婚姻「賭注」上，找一個身心健康、品行端正、家世清白、有責任感、有上進心、又有正當職業的對象，兩人同心，幸福的「機率」總是高一些。當然「看走眼」也有可能，但起碼經過父母提點，把關指導，讓父母盡盡教養責任，對父母子女彼此都好，至少「責任分攤」，分享快樂與憂苦，快樂加倍、痛苦減半啊。不是嗎？

愛兵如子？Yes！愛子如兵？No！

軍人爸比在部隊治軍甚嚴，也嚴以律己，任事誠謹樸實；所以，只要見他眉頭一皺，不用開口，身旁的人一定都可感受到一陣冷風吹過，苗頭不對了，應該快閃為妙。不過，工作處事這麼正氣凜然、方方正正、一板一眼，一個雄壯威武的標準阿兵哥，回到家怎麼辦？要治家如治軍、管孩子如操小兵嗎？

我知道，有個大學長、心急的軍人爸爸，對孩子的生活常規嚴格要求，吃飯要端坐、以碗就口、口中有食物不說話等等，飯中爸爸還會一邊「垂詢」孩子的課業，但他曾經很煩惱的問我：「怎麼辦才好？每次一回家孩子都端著飯跑客廳去吃，不願意跟老爸同桌用餐了；還有一打電話回家，小孩也都避著不肯跟老爸說話，這小子逃避啊。怎麼辦才好？」

有幾個同學、學長、學弟好奇，我家爸比與孩子相處融洽、親子感情特佳，是怎麼辦到的？軍人在家的爸爸角色，很難拿捏與揣摩，軍校沒教過、部隊也沒輔導，這似乎是許多軍眷家庭的困擾。其實，「道可道，非常道。」軍人管教自家孩子的「道」，是可以訴說的，但它不是一般的「道」；孩子是爸爸的小兵，愛兵如子、愛子如兵，可是孩子卻又不是兵，不能「照表操課、落實訓練、嚴格篩選、嚴格淘汰」，對吧？

軍人爸爸想要建立良好的親子關係，唯一要訣就是：**愛的行動，愛要表現**。我記得，大寶女兒還是幾個月大的小嬰兒時，有回爸爸給她買小鞋子回來，說是學走路可以穿。嬰兒腳丫子時時在長大，不好買鞋，我好奇這新手阿兵哥老爸怎能買得剛剛好合腳？他靦腆的說：「我就比一比肚子上大寶踢我的位置，用手量出來啦。」

從小到大，孩子需要什麼，適時的伸手，出錢出力拉孩子一把，都會是軍人爸爸拉近親子距離的最佳機會，孩子自然會懂，會親。小男生想騎單車，阿兵哥爸比就帶著八九歲的小多到士林中正高中操場練車，教他龍頭怎麼握、煞車、轉彎的要領，扶著單車後坐，一圈一圈繞，一下午就成功了，最後兩人一身汗、滿臉笑、樂呼呼回家。還有：小皮女兒要到冰天雪地的愛荷華上課半年，老爸專程帶著她到內湖大賣場的旅狐專賣店大採購，從內衣褲到雪靴毛襪雪衣雪帽圍巾全套，一應俱全，而且還都要備套雙份，就這樣老爸的大手筆塞滿了小皮的旅美行囊。只要關心，就可以找到方法去表現爸爸的關愛。套句廣告詞兒：**Just Do It！**

我想，只要願意，每個軍人爸爸都可以觀察得知孩子現在需要什麼，有機會付諸行動，「做」就對了。只是有些軍人爸爸太專注軍務、忙於公事，孩子唸那個學校？讀幾年級？哪個班？學校在哪兒？這些基本的問題可能都答不出來，當然就無法參與孩子的生活。關心孩子，參與孩子的生活，自然就有管教問題。不過，軍人習慣紀律與服從，講求整潔與效率，可是家庭中作息與作為很難軍事化，當軍人爸爸回到家，對孩子的要求就不能比照部隊，需要有所調整：假日睡晚一點，可啦；吃飯時間延長慢一點，沒關係啦；房間凌亂未整，動手清一清就好啦。雖說孩子不是兵，「要求」可放寬，但仍應堅持禮貌、堅持倫理、堅持誠實，「關愛」不可以變成「溺愛」。

「鐵的紀律，愛的教育」，我家爸比就有他作爸爸的特殊「堅持」。大寶女兒剛考上大學時，爸比特別在鄰居劉阿公的腳踏車店買了部全新的淑女單車，然後從內湖一路騎著、騎到羅斯福路四段，繞過半個臺北，就是要給大寶在校園使用；那次我們開車走高速公路，爸比騎單車走市區，大家到學校大門口會合，我們看老爸在黃昏餘暉中單騎迎風而來，穩穩的在椰林大道戛然煞車，開心的逕自笑起來，真覺得這軍人爸比實在固執得「蠢」，但也很溫馨，胸中漲滿幸福感。

上大學騎腳踏車，是老爸的「堅持」，四年後小皮入學時依舊照辦，但是這次距離稍近一點，爸比改到萬華買二手車（因為校園裡新車單車容易失竊），但是老爸還是親力親為，親自噴漆上油加座墊換踏板，而且還要親自試車才放心，同樣的幫小皮騎到學校的系館，好像不再那麼「蠢」，但還是很「牛」，感人又好笑。十年後的今兒，小多也要上大學了，三個孩子一視同仁是對的，但不知道年歲漸長、華髮早生的爸比，體力退步了，是否還再堅持把單車騎到學校去？再說現在住處有小坡、路又遠，是不是到水源市場買部舊車較方便啊？結果兒子果真不同於女兒，小多硬是堅持自己操辦，在學校附近自費買了一部新單車，鳥兒自己飛啦。

部隊講服從，說話只有「是是是」，家裡孩子要溝通，事事都問「好不好」，因為軍人爸爸有「愛的行動」，有關愛、有行動，所以「有所堅持」的管教，孩子們仍然是受教的，會敬畏在心，也會撒嬌耍賴，讓老爸在部隊威風凜凜，軍令如山，在家裡卻常常自嘆地位低落，令不出房門。但是我認為：軍人爸爸**在家不必當「虎爸」**，作爸爸要享受孩子騎在肩上人潮洶湧看煙火，享受扶著後座搖搖擺擺教孩子學騎車，享受單騎遠征送孩子上大學，同時也享受父親節與生日孩子省錢聯名送盆蘭花，更享受孩子話家常時的八卦詢問與瑣事回報。這樣，孩子就不僅是小兵，還是貼心的小兵了。

孩子不會認錯爹的秘訣！

很多人都聽過類似的眷村笑話：阿兵哥爸爸身羈軍旅，常駐外島，好久才回家一趟，忽然間，見到陌生人闖進家門的稚兒放聲大喊：「媽媽，有個叔叔找你！」還有更尷尬的，孩子很久沒見到父親，思念父親卻不識爹爹真面目，見到穿軍服的個個都喊：「爸爸！」這是許多軍眷家庭常有的真實經驗，其中暗藏多少辛酸與無奈，爸爸在外衛國保家，回家時要如何讓孩子不會認錯爹呢？這我可是有秘訣的：多元記憶與親友活動。

當孩子還在嬰兒時期，牙牙學語時先教「把拔」，唇音容易發，容易學，爸爸在家當然對著本尊喊，人像與稱呼合一，寶寶與「把拔」實體接觸，記憶連結強固，學習效果快又好；如果本尊不在身邊，可以拿出照片來指認，一二歲的幼兒已經可以喊出全家人的稱呼，爸爸當然不要缺席，「把拔在哪兒？」看圖認人也可有記憶連結，當爸爸回家時，腦中舊印象與新對象經驗結合，有如插頭一接線，馬上亮燈通電，錯不了的。

我家大寶十個月大剛學說話，第一個會喊的就是「拔」，她最愛連續呼叫「把拔、把拔」，說得嘴角全是泡泡，而且還因長牙邊流口水邊喊「拔」，縱使當年她爹久久才回家一趟，她從沒錯喊他人、認錯爹，這可是很令人驕傲的紀錄呢。當孩子再大一些，會認人、會說話，甚至上幼稚園以後，藉著看照片、講電話，從視聽接觸去認識爸爸，有視覺與聽覺的多元記憶，更不會認錯爸爸的。況且，家裡處處有爸爸的書籍收藏、爸爸的衣服鞋襪、爸爸的獎章照片，滿屋子都有爸爸的味道在身邊圍繞，怎會認錯爹呢？

孩子漸漸長大，我們帶著他參加親族聚會、家族活動，去認識很多親族長輩、姑姨舅妗、堂表兄妹，從親戚中去認識親族，也辨識爸爸，找到自我定位。更重要的是，我們帶著孩子參與爸媽的同學會或同仁會，在這些屬於爸爸的阿兵哥聚會場合，不論是同期同學或工作單位的懇親、眷探、聯歡活動，許多叔叔伯伯爺爺，和爸爸穿同樣軍服、聊類似話題、有相同口頭禪的一群又一群人當中，孩子可以更深入、更清晰認識爸爸，因為「參數」大、混淆的「選項」多，答案卻是萬中只取一，爸爸的形象當然更穩固啦。

從小到大，我家三個孩子一直是阿兵哥聚會的固定班底，每年年中、歲末或生日聚餐、特殊節慶，我們總是攜家帶眷、一同出席，各家的孩子也相互結識交流，一年年長大，隨著成長軌跡追進度，大家彼此關心，這是很美好的成長記憶。只是後來小孩都變大人了，阿兵哥聚會的跟班就逐年稀少了；當各家孩子還念小學時，小朋友很多、很熱鬧，上中學就少了一些，偶有缺席者，到了大學階段，常常參加者只剩少數幾家，我們家孩子就會抱怨找不到伴，只能跟老人家交流，但他們也都成了長輩眼中的乖寶寶，是大家讚譽的「秀異份子」囉。

阿兵哥爸爸少回家，彌補親情的方式就是一回家就全家集體行動，珍惜時間共同參與：阿兵哥聚會扶老攜幼拉著妻小去參加；親友家族活動全員都出席；家庭掃除清潔作家事全家一起動手。就這樣，鞏固了軍人爸爸的家庭地位，也穩穩樹立起孩子心目中爸爸的圖像。你說如此狀況下孩子哪可能認錯爹？別操心啦！

媽媽的心是豆腐做的

孩子小的時候，需要褓抱提攜，爸媽或抱或牽或揹很自然，也習以為常，親子間親暱之情滿溢，讓人感覺十分溫馨。但孩子漸長之後，想要自由奔跑飛翔，就會掙脫父母的掌控，不願繼續被牽著走了。十八歲算是個分水嶺，從此獨立自主、脫離爸媽羽翼、展翅高飛闖天下去了。每當我稍稍嘮叨，提醒叮嚀該做什麼、該準備什麼時，小多就常對我說：「我十八歲了，不是八歲，我會自己做，你們不要操心啦。」孩子很難明白，父母親眼裡孩子永遠是孩子，父母總是操心，無論牽手放手，都是滿心掛記啊。

年輕的孩子總急於掙脫束縛，覺得爸媽觀念落伍、操心太多。君不見，街上許多父母接送國高中的孩子上下學，或往來補習班，父母騎機車、孩子坐後座，那孩子泰半是手握機車後的鐵桿，會抱著前座爸媽的腰、或搭爸媽肩膀的絕無僅有！十來歲的孩子最彆扭了，誰願意跟父母摟摟抱抱親密肢體接觸啊？即使是父母開車帶孩子出門，那年輕人也約莫玩弄著手機或戴上耳機，沉浸在音樂中，哪個還一路跟爸媽談心交流啊？

學會放手，是父母必修的功課。但父母總是牽著孩子的手千叮嚀、萬交代，叨叨絮絮很不放心的才鬆手。我記得民國五十六年小學畢業、剛考上初中時，頭一次，媽媽帶從沒離開三重的我搭公車去參觀學校，先搭二十四路公車從三重德林寺到臺北橋頭延平北路，再轉十三路才能到古亭女中。我像劉姥姥進了大觀園，走過牯嶺街舊書肆、穿過泉州街日式老宅、問清楚公車購票剪票事宜，樣樣新鮮。最後老媽一再交代別搭錯車、下錯站，甚至還牽著我的手走到延平北路轉角涼州街上，找了一家玻璃鏡子店鋪，告訴老闆：「我女兒要上初中了，以後在這兒等公車，萬一尿急了，拜託老闆幫忙讓她進去上廁所啦！」當時我自以為聰明，覺得老媽真令人尷尬，還半路預約廁所哩；現在想想老媽其實滿天才的，心思縝密。

這回我到美國當書僮，送小多來德州上語文課程，也是陪著小多到學校辦理註冊、購買教科書、找教室、逛校園、熟悉環境，初來乍到，有家人陪著，總是心底踏實多了；而且幸運的是，小多還有大寶姊當靠山，後盾堅強呢。從幼稚園、小學、到國中、高中，小多上學報到，老媽我都「隨侍在側」、不曾缺席過，我覺得能夠參與孩子生命中的重要時刻，陪伴他經歷成長，這是無可替換的、天大的幸福。所以，小皮女兒上大學，我們全家陪著去校園巡禮，看她的系館，還上過廁所「到此一遊」。去年小皮轉換工作，要到桃園藥廠上班，我還帶著她先開車臺北內湖桃園中壢來回走一趟，熟悉路線，勘察環境。作爸媽的這份關愛，似乎不曾隨著孩子年齡增長而消失。

我想只要做得到，父母大約都願意一直在孩子身邊圍繞，當然，成了「直昇機父母」，關心過度、盤旋不去、礙手礙腳、令人嫌棄，就另當別論。三個孩子中，我最惦記的其實是大寶，她飄洋過海，隻身赴美闖天下，健康、學業、食衣住行、生活起居樣樣自己來，父母親鞭長莫及都幫不上忙。二〇〇二年大寶初初來美，記得她說過：有個大陸同學也是第一次負笈他鄉，單槍匹馬從北京扛著兩口大皮箱，一路輾轉飛到亞美利加，轉美國國內線班機時，行李檢查，綳的一聲，一床紅花花的大棉被再也塞不進、捆不緊，那孩子父親早逝、只有個老媽和妹妹在北京，亂哄哄的機場裡，讓他急得滿頭大汗、手忙腳亂。想像那情景、那畫面，為人母親的我，心揪得緊，媽媽呢？媽媽能幫你一下嗎？正因為如此，許多年來，每次送大寶回美國，我總是高速公路一路哭回家，想到飛機上的孩子孤零零一人，人海蒼茫，寂寞、奮鬥、挫敗、沮喪，誰可以撫慰、擁抱、拍拍她肩膀？

媽媽的心是豆腐做的，永遠柔嫩滑順，剖開來看，都是孩子的身影。父母心心念念的，就是孩子；牽起孩子的手，捨不得放開；即使鬆了手，也還餘溫猶存，滿是掛念。

家庭的中心在餐桌

一家人在家中活動的中心在哪兒？客廳？臥室？還是浴室？都不是，我想家庭的中心是在餐桌上。

所以，我主張家裡的餐廳必定要寬敞舒適又溫馨，餐桌上一定要有食物引人上桌，一家人能夠聚攏在餐桌，就天天都是團圓日，餐餐都是圍爐時啦！

上週五下午，小多兒約了高中同學到內湖街上看電影《陣頭》，然後三個人一起回家來打電腦〈NBA籃球賽〉。我一看天快黑了，連忙下廚張羅晚飯，準備幾

個大男生用餐；過年期間，家裡湊合著總端得出幾樣菜，我於是準備了金門芋頭紅燒肉、花椰菜乾燜肉、鮮炒芹菜、油炸香腸、泡菜蘿蔔和紫菜蛋花湯，正好小皮女兒下班又帶回來雲南大薄片與椒麻雞，一擺滿桌菜都挺開胃又可口的，大家圍坐用餐，氣氛還不錯呢。

我問大男生們，許多菜蔬是金門家鄉來的，吃得慣否？大家都點點頭，我就讓小多的哥兒們H與C順便帶幾條金門蘿蔔回去嚐嚐，H說媽媽應該會處理，C說家裡不開伙，所以免了。原來C兄弟上大學，父母上班，家人都三餐自理，家裡已經不做飯很多年了。小皮女兒也說，她同學L家裡也是不開伙的，父母離異、媽媽回外婆家吃飯、姊妹倆各自上班，要吃什麼自己處理，哪需要料理三餐啊？

稍晚送小多的同學回去時，我一路沉思著：年過半百的我，真幸福！有家庭、有餐桌、還有家人一起吃喝呢！每回到雅加達過年過節、放假休息，一早起來，婆婆早已在餐桌上備妥了熱可可、熱咖啡和麵包糕點，小多則有牛奶、吐司、牛油、巧克力米，每個人的喜愛都備齊了，忍不住大家都聞香而來，圍向餐桌，真是美好啊。

回到臺北自己家裡，當家的我也一樣為家人張羅吃喝。公公婆婆回臺時，進門坐到餐桌邊，就送上溫開水（老人家的老習慣，不喝果汁不喝酒）；飯桌上一定有他們愛吃的水果（香蕉木瓜、棗柿蓮霧等當季瓜果）和糕點餅乾；用餐時，要有一杯開水並擺上湯碗。當了數十年的職業婦女，我一樣照常料理三餐，孩子還小時，要吃過早飯才上學、晚餐多煮一些給孩子隔日中午帶便當；假日爸比從部隊回來，全家就可以上小館外食打牙祭，內湖就有一二我們常去的固定餐館，可是看著孩子從小朋友一路長大哩。在餐桌上，不管是全家五個人一小桌，或阿公阿嬤回來七八人一大桌，一邊用餐一邊談笑，總是一室溫馨，談笑風生，愉快極了。

不過，現在我家餐桌上很難全員湊齊了。自從小多上大學後，有時練球、有時另有外務，常會缺席家裡的晚餐會；小皮女兒下班後會去練瑜伽、上英文，固定有兩天不在家吃晚飯；而大寶女兒出國多年又嫁人了，在餐桌上常常是用iPad做FaceTime視訊連線參與「餐桌會談」；至於身羈軍旅的爸比，當然是駐守部隊不會回家吃晚飯，只有飯後固定來電「安全回報」，隔空關懷一下啦。所以，常常看天黑了，我就自己一個人煮碗麵、下幾個水餃，囫圇下肚，等時間差不多了，再電話催促滯留在外的倦鳥們快快歸巢啊。

我記得三十多年前剛結婚時，我和先生的薪水大約臺幣六千元，兩個人要付房屋貸款、又要養家養女兒，買一組客廳的籐製桌椅還要分批買回，用錢處處精打細算。但是，我們卻大手筆花一千五百元買了一張方形原實木餐桌，鋪上紅白格子塑膠桌布，就擺在客廳一隅大窗邊，那可是一張全家人最喜愛的多功能桌呢。我在桌上批閱學生作文與考卷，大寶也在桌上畫畫、玩耍、看童書，當然我們也在桌上用餐，快樂時光與美好記憶幾乎都在那張餐桌上發生的呢。

現在我到達拉斯大寶女兒那兒，看到女兒家裡的小餐桌，不禁啞然失笑，好似當年自己和先生年輕的憨傻勁兒又浮現眼前。前年我們要去美國探望準備結婚的小兩口時，女婿便新購置一張白色小餐桌，幾張餐椅，擺在餐廳一角。原來他當留學生都是餐餐一個大碗就打發，煮好、端了、或站或坐、自炊自食，哪需要餐桌？現在要成家了，需要有個餐桌做為「關愛中心」，不是嗎？當餐桌上，擺著熱騰騰的包子、饅頭、麵包、菜餚、蔬果，香氣四溢、煙霧騰騰，那才是一個家嘛！不過，學建築的女婿比起他阿兵哥老丈人可是進步多了，當年老丈人買的木製餐桌，只求耐用而已，今兒女婿的小白餐桌雖小卻是設計師的時尚名品，時髦、有牌子的喲！

輯四

軍眷

家是女人的天下，天下卻是男人的家；
大將軍退伍回家，這個家又是誰的天下？
軍眷家庭酸甜苦辣，將軍退伍還得先改造！
來聽阿嬤細說與阿兵哥共同生活的私房故事。

眷探與探眷

當軍眷，第一門課就是要懂得「眷探」與「探眷」。所謂的「眷探」，就是眷屬去營區探望，「探眷」則是軍人回家看眷屬是也。

軍人在部隊當兵，日子是很繁忙、枯燥又辛苦的，假日能夠回家「探眷」，不僅可以紓解壓力，還可以連繫家人情感，調劑生活，絕對有助於部隊士氣提升；倘若長時間無法放假，那就請家人來「眷探」吧！電影裡經常有個畫面，一群阿兵哥集合，輔導長一邊喊著名字發信件，收到家書或情書的，眉開眼笑喜孜孜的，什麼信都沒得收的，一臉落寞，好似全世界都遺棄他了。這種身在軍營，卻沒有家人自外捎來關心的狀況，就類似營區開放，人人有家屬來「眷探」，獨獨只有你一個落單，多淒涼啊。

當軍眷超過三十年，我深深了解「眷探」與「探眷」不可小覷，這可是攸關軍人身心健康與家庭和諧的鼎鼎大事，豈容等閒視之！因此，三十年來，先生身在軍旅，有時是周末回家，有時是兩三周回家，有時甚至是大半年才回家「探眷」；但不論他是在國防部中央高司單位、北中南部軍事機關與部隊、或者駐防外島，我都曾在假日中帶孩子去「眷探」，看爸爸，看先生，關心一下他的工作與生活環境，問候一下他的同袍部屬，讓我們的探望成為他工作的原動力，這也算是一種「勞軍」吧！

這一回，先生又下部隊，不遠，只到臺中新社，已將近兩個月，忙過演習、熟悉環境、應當大致安定了吧。上周我們母子就前去「眷探」，參觀過爸比辦公與住宿處所，還一起到谷關小憩一番哩。印象裡，最溫馨的一次「眷探」，是一九八八年先生在苗栗，中秋節假期，我帶孩子去部隊看爸比；舟車勞頓的母女一進入營區，看到大桌子上擺的蛋糕，插著十根小蠟燭，我熱淚盈眶，好生感動！原來中秋節前一天正是我們結婚十周年，當年那個帥帥的小連長閻超雄，他們的細心與貼心，我至今難忘懷！謝啦，這也是袍澤情深啊。

很久以來，學校都有「學校日」（古早以前叫做「母姊會」），讓家長到學校了解孩子的學習與生活概況；公家機關也有「親子日」，讓孩子到父母服務的單位參觀玩樂，認識一下爸媽的工作環境與工作性質狀況。現在連軍紀森嚴的軍事單位也開放了，先生任職國防部聯一人事次長時，就辦過「親子聯歡日」，我還帶小皮女兒去指南山莊吃喝一頓，小皮還特別為爸比辦公桌上成疊的公文拍照，那一大落公文大約一百份，已經令人嘖嘖稱奇，聽說每一天都要批閱超過一百五十份，爸比的辛勞可見一斑。由此看來，軍中「親子聯歡日」也是值得推動倡導的「眷探」活動呢！

你是軍人眷屬嗎？去「眷探」過嗎？別一直等著他放假回家「探眷」了，現在就準備主動出擊「眷探」去！去吧，去吧，去部隊給他加加油、打打氣，「勞軍」一下吧！「眷探」全家人都愛呢。

中秋是吃蘋果的日子

平凡日子，柴米油鹽，風來雨去，歲月悠悠過，平安就是福；這些天有颱風來襲，南臺灣淹大水，先生忙救災，大寶港元遠在美國，一家人分三四地過中秋，千里共嬋娟，點滴在心頭，真的是平安就是福啊。至於文旦、月餅應景中秋食品，不過是平安團圓的配角罷了！月圓人團圓，家人平安才是重點。

中秋對我們這小家庭來說，是有特殊意義的，因為三十多年前中秋節前一天我們結婚啦！三十幾年來的結婚紀念日，大多數是我和孩子自己在家過節，先生在部隊陪阿兵哥和部屬，偶逢中秋連續假日，時勢也「承平」，我們會攜家帶眷到部隊去「眷探」兼過節，也算是一種團圓吧。

印象深刻的是結婚十周年（一九八八），我們跑到苗栗二九二師部過中秋，一路車行顛簸，頭暈腦脹的兩個小女生（九歲和六歲），看到部隊嫦娥奔月的彩色大海報，精神立刻振奮起來，再看到十周年祝賀蛋糕，連我都熱淚盈眶，意外與感動，讓我心情澎湃好久！至今對超雄老弟的細心體貼，仍牢記難忘，當軍眷、當大嫂，被如此尊寵，好受用啊。

還有一回（一九九六），爸比在鳳山官校當指揮官，我們母子中秋去陸軍官校湊熱鬧，看學生與阿兵哥們在操場邊水泥地上烤肉、賞月、辦晚會，長條桌上擺滿了豬肉片、雞腿、香腸、玉米、甜不辣、青椒、丸子、章魚、蛤蜊、蝦子……等等，燒烤食材裝滿大盤子、鋁菜盆，烤得香氣四溢，一組一組飄來肉香與歌聲、笑聲，好歡樂，相信這必是參與者軍旅生涯特別美麗的回憶之一。

後來孩子長大，大寶出國去了，很難湊齊全家一起賞月，尤其大寶剛到美國那幾年，我總想著白居易的詩句「共看明月應垂淚，一夜鄉心五處同」，傷感著中秋歡聚少一人！現在大寶要嫁人了，一個在愛荷華，一個在達拉斯，雖沒時差，卻也要飛兩小時，只能視訊共看美國的明月了；爸比跑嘉義、跑高雄，跟著部隊忙救災，只有我和皮皮、小多在家烤肉、吃柚子、看影片、偶爾探頭望月過中秋，這真是「一夜鄉心五處同」啦。不知大寶與港元怎麼過節？有過節的東西吃嗎？爸比呢？他忙著慰問阿兵哥，自己可還好？睡覺前我去散步，收到他用手機傳來月亮的照片，可是我的老手機卻無法接收，只能看著一輪明月，望月興嘆，我是該買新手機？還是該跑去牽手散步賞月？真希望來年國泰民安，風調雨順，大家都平安，那就可以「但願人長久，千里共嬋娟」了啊。

家裡的小皮女兒最機靈，中秋前兩天，我說：「過兩天就中秋了。」皮蛋就嗆我：「你別貪心，國曆的結婚紀念日過了，別再奢望過農曆的啦！」其實，我不過無聊說說而已，也沒有特別意思，國曆的結婚紀念日，爸比已經傳了簡訊祝賀，農曆的就免了吧？中秋前一天，爸比還在忙救災，晚上從高雄打電話回家「安報」，掛電話前他打了暗語：「今天是吃蘋果的日子，委屈啦！」哈，這老故事要細說從頭了：

原來當年結婚第二天，我們沒月餅沒柚子，很冷清的中秋，新娘子我直想回娘家，先生出去逛了半天，店家都關門過節了，最後他買回兩顆蘋果削給我吃，看月亮、吃蘋果。當下聽到「今天是吃蘋果的日子」，我笑著回他：「不委屈，現在柚子月餅可多著呢，就缺賞月的伴兒啦。」皮蛋還消遣老爸，知道爸比帶柚子月餅去慰勞部隊，最好改成一人發一棵蘋果才有趣，還可以說故事跟大家分享。

說起中秋文旦與月餅，我記得小時候過節，父親、叔叔、姑姑等都會帶回應景食品，有上班、有收入的人就是不一樣，帶回禮品好神氣，令小輩們既羡慕又敬佩。今年皮蛋女兒還帶回一盒順成蛋糕店的蛋黃酥禮盒，是公司老總送員工的中秋節禮物，弟弟愛吃，我也稱讚皮蛋難得，長大了，過節會帶東西回家，有貢獻喔。中秋，中秋，管它月餅、文旦，還是蛋黃酥，甚至是蘋果，都該感恩，都是要分享與團圓的啦！

阿兵哥休假忙什麼？

不久前，兒福聯盟給作爸爸的一個「三三三的建議」：**天天擁抱孩子三十秒、天天傾聽孩子說話三十分鐘、每個週三晚上爸爸回家吃晚飯**。小皮女兒立即去電嘲弄她爸比不及格，「三三三」對我家阿兵哥爸比而言根本是「Mission Impossible」不可能的任務！

阿兵哥休假回家，除了日常作息外，他們最愛的活動就是：**運動、打掃、逛賣場、看房子、睡大覺和上館子、看電影**。七項，絕對把阿兵哥的回家「探眷」活動一網打盡，全包了。你不信？

爸比三十年來從來都達不到「三三三」，因為阿兵哥平日駐守軍營，軍旅生涯特殊，一天二十四小時當差，週末假日偶而還要備戰演習看部隊，是沒有所謂上下班時間、加班不加班的。正常狀況、部隊在北部時，每週可回家一趟；南北乖隔、軍務倥傯時，二三週回家一次就不錯了；特殊時期、駐紮外島時，還曾經半年才回家，一回來又碰上緊急狀況，（當年爸比年初一月調小金門，七月李登輝發表兩國論。）當天馬上搭機回去「戰備提升」了！所以，阿兵哥平日做不到「三三三」，難得休假在家，就一次補足，多抱抱、多聽聽、一起吃吃飯吧。阿兵哥回家來都忙些什麼？資深軍眷，積數十年觀察心得，我看這答案可有趣了。

一、運動：囿於部隊養成的習慣與作息，阿兵哥一定按時早起、定時運動，而且酷愛運動。我家爸比是步兵，喜愛登山、健走，在部隊時，可以早晨繞著島嶼跑半圈九公里，逐一視察崗哨，晚上再走九公里，順道看另外半圈的部隊據點，天天如此，督導與健身合一。放假在家，也是天不亮就出門，走遍住家附近的碧山巖、忠勇山、圓覺寺、鯉魚山、白鷺鷥山、內溝溪、翠湖等等，四季無休，無變；孩子還小的時候，願意跟著健行，長大就不跟了，寧可賴著爬「枕頭山」，比較輕鬆自在，還可以等爸比爬山回來帶上早餐哩。所以阿兵哥固定早晨爬山健行，晚上就陪老太太我社區散步，吹吹風。

二、打掃：這也是部隊養成的好習慣，早起打掃環境，要求環境整潔，非常制式、非常堅持、且有效率。由於阿兵哥平日不在家，家事幫不上忙，基於補償心理，心有愧疚，所以每次回家一定要大掃除，吸地板、刷廁所、洗碗筷、修剪花木，一次做個夠。每當刷完廁所，要小皮來看爸比的掃除成果，下回照著做，「馬桶就該這樣，會發亮！」小皮總耍賴，「唉呀，爸比示範得很好，下回繼續示範就好嘛。」其實，阿兵哥愛打掃，嘉惠的是老太太我，省力又省事啊。

三、逛賣場：近年來「逛大賣場」已成全民運動，假日內湖賣場車水馬龍，摩肩擦踵、人滿為患，我們也愛在假日流連賣場，從COSTCO、特力屋、HOLA、家樂福、大潤發，到禮客、Outlet、家具展場、歐洲跳蚤市場等等，逛逛看看買買，既開眼界、還兼試吃嘗鮮，一舉數得。我發現，大賣場裡多是舉家出動、全員到齊、扶老攜幼的，類似爸比這樣的中老年還是賣場主力部隊呢！爸比在賣場買全套油漆工具與材料，回家自己照著錄影帶說明粉刷施工；買花肥、驅蟲劑，回來施肥除蟲；買燈泡、置物架，回來修繕組裝；所以逛賣場中老年最適合，有購買力，又愛家想回饋，剛好，一拍即合。

四、看房子：不知何時開始，爸比回家後，喜歡利用假日四處轉轉看房子，我想或許也是補償心理作祟，若有可能就給妻小換個更好的窩兒吧？臺北居大不易，房價奇高買不起，但看房子又不必花錢，多看何妨！新建案樣品屋設計得美輪美奐，空間規劃與家具配置都值得學習，二手屋則可比較他人居家布置的巧思，做個參考。記得十幾年前，有一次我騎個小機車，後座載爸比、中間夾個小多，去看大湖公園邊的「閱讀歐洲」，那大樓模型好漂亮、接待會館好氣派，但我們灰撲撲的穿著與小機車好不起眼，接待小姐態度好冷淡，連茶也不倒、招呼也不打了。唉，自此之後，我陪爸比看房子，就都開車、穿整齊了，當然車子還要擦亮、口紅也要上，房子可以不買，茶水總要喝到、資料要拿到啊。

五、睡大覺：由於在部隊工作太辛勞，壓力也大，回到家就完全放鬆了。爸比在家只要得閒，無論飯前飯後、運動後、掃除畢，看報紙或電視時，經常沒一會兒就呼呼入睡，連打盹兒都省了，直接就打鼾熟睡。孩子們常笑：客廳沙發上爸比睡，起居室長椅上爸比也睡，擺平了，到處睡，在家都只有看到爸比在睡大覺，爸比哪裡超級認真啊？這就是阿兵哥在外拚命工作，回家找機會補眠啊。

六、上館子：小皮曾嘲笑老爸，老媽煮的菜都捧場吃光光，是因為老媽煮的和部隊沒兩樣！這不是指老媽廚藝不精，部隊大鍋菜難以下嚥嗎？為了彌補親子關係，增進親子情誼，爸比喜歡回家時帶孩子上館子，犒賞大家，打打牙祭。我們常去的小館，服務生與老闆都是看著小孩從小到大，到現在數十年如一日，口味也如一，也沒多開發出新據點，就是「會餐」罷了，重點在「一起吃飯」而已，前述「三三三」的第三項啊。

七、看電影：很忙的時候，我們曾經大半年沒看電影；平常時日，我們會每個月找個好電影闔家觀賞，順便吃個飯，消磨半天，既是休閒，也是家庭聚會。看電影，可以抒解壓力，有娛樂效果，也可以多個話題，親子討論添共識，增進瞭解；有時候我們還分老人組與青年組，或男子組女子組，一起進電影院、分看不同片子，各得其所，再分享心得哩。

你家也有阿兵哥嗎？他休假在家忙些什麼？果真如我觀察所得，也是：運動、打掃、逛賣場、看房子、睡大覺和上館子、看電影吧？阿兵哥愛國又愛家，因為不常在家，只好把愛家化為行動，回家就猛打掃、用力陪吃、陪玩啦。說來作軍眷的我，還「足感心」哪！

保密防諜在我家

我家爸比從軍至今屆滿四十年，軍人習性內化至深，從外表到內心、可謂徹頭徹尾地「灌腸洗腦」軍事化了！舉凡在家裡大小事，諸如房裡衣飾用品被褥折疊放置整齊、書籍物品鞋襪皆檔案歸類物歸原位，飲食用餐運動就寢早起各有定時，這些都是好習慣、好國民、好表現，值得稱許，但唯獨「保密防諜」這神祕舉措，真讓我愈來愈覺不可思議呢！

話說上個月中，爸比早早就通知我某周五晚上要請來訪的外賓吃飯，我必須一起出席餐會，我事前只知道餐會時間地點，還有請客對象是美國人，當天傍晚我準備停妥，就搭捷運到市中心赴會。在捷運上，接到爸比辦公室文忠來電：「今天金門天氣不好，機場濃霧關場中。」我答：「我在捷運上，沒有要去搭飛機啊。」心想金門機場關場與我何干？文忠這才說：「先生現在還在金門等飛機，所以夫人要早一點到會場當主人接待外賓。」原來我家爸比今兒公出到外島，現在滯留金門，我可是完全不知情的狀況外哪。後來，那晚上直到七點半餐會後半段了，爸比才趕上飛機返臺現身會場。

爸比平日的公務內容與行程去向一向守口如瓶，保密到家，不過每晚固定會打電話回家做「安全回報」，經常是我問：「今天忙什麼？現在在哪兒？」他回答：「在辦公室看公文。」或「剛剛從外面開完會回來。」或是「我在路上，要到中部，明天一早有事。」「我正要去搭高鐵下南部。」安報電話我絕不可能問出機密，中部哪兒？中彰投好大的範圍；南部又是哪兒？雲嘉南高屏，山上海邊去幹嘛？金馬澎湖外島行蹤都是機密，島內行程也不可稍稍洩漏。安報是安報，電話打了，僅表示「人員安全，器械無損」而已，軍事機密依舊是機密。然後，隔天我會從新聞中知道有防災演習、有戰訓演練、有軍民合作活動等等，爸比會出現報端，甚或上了電視，身為軍眷妻小永遠是事後浮光掠影，知曉甚微，我告訴自己：不知道，沒煩惱，是幸福的。

但是，不用我刺探軍情，爸比周末回家探眷睡覺時，偶而會說夢話，洩漏軍機。有時候，爸比會在睡夢中喃喃自語裁示：「就照這樣修正，趕緊去改！」或是「ＯＫ，ＯＫ，知道了，休假前安全規範要確實要求宣導。」甚至爸比還曾經舉起手臂繞圈圈，第二天醒來我問了才知道，那是部隊集合的手勢。哈，連夢話都這麼「小兒科」，沒什麼天大機密，這保密防諜一點也不刺激啊！

瓏山林飯店開張

農曆年前將近兩個月忙忙碌碌，瓏山林飯店開張，讓我這軍眷主婦的生活，平凡中充滿神奇，仔細一想，能夠奔忙勞動，能夠操持煩憂，確實也是好事一樁啊。

瓏山林飯店擇吉開張

去年底自從知道公公婆婆要由雅加達返臺，我就開始神經緊繃，準備接受考驗，瓏山林飯店就要擇吉開張。公婆每年最多回臺三五趟，一趟停留個十天半個月，小皮女兒就笑我，一年三百六十五天做人媳婦有幾天？因此每次公婆回臺，對我而言就是一次媳婦成績考核，舉凡環境清潔、餐飲炊食、醫療照護、起居打理、行程安排、出入接送……，全面的總評量。身兼媳婦與駐臺總管，這定期成績考核可是鼎鼎大事，絕不容稍有差池的。

於是，公婆到家前兩週，我就開始全屋大清掃。先從窗戶玻璃紗窗到地板，每天逐一點滴清潔，然後每個房間被套床單踏腳墊接著換洗更新，同時準備購置新被套床罩放在一樓的房間（為了婆婆行動便利，減少上下樓梯之故），先生得知我的計畫，就迫不急待地連夜跑去辦公室旁邊的遠百自行買了兩套寢飾回來，其情可感，算他也有共襄盛舉吧，畢竟他才是掛名駐臺負責人（雖然本人才是握有實權的總管兼執行長）。

準備了一樓的房間還不夠，我順道也把二樓的小客房也張羅整治停妥，因為大寶女兒要帶朋友回來，我照樣的清理房間，再鋪上防蟎床罩、乾淨的床罩、被套、枕頭套，那些枕頭都是新買的薰衣草香舒眠枕哩。就這樣，經過一週的打理，瓏山林飯店就此開張，等著房客入駐了。

公婆回來前一週，我忙著聯絡婆婆要住院檢查的大小事，確認兩老返金探親行程機票，還要採買菜餚水果食物等，一一準備就緒。接機那天晚上，我備好花生、肉鬆、麵筋等小菜，煮好一鍋地瓜稀飯，先燜著，等大夥兒從機場歸來，立刻開飯迎賓。接著幾天我忙進忙出，燒飯洗衣、茶水瓜果、咖啡點心、三餐飲食，直到送老人家登機返金，瓏山林飯店第一波任務暫時完成。

瓏山林飯店業務繁忙

剛從松山機場送機回來，臨時得知小叔也要回來，參與金門家廟奠安祭禮，我立刻準備隔天小叔父子從雅加達歸來進駐事宜。下午剛送公婆上飛機，回到家立即換下寢具清洗，床單被套更新，準備晚上迎接下一波旅客入住，把前一趟瓏山林飯店的接機、餐飲服務再走一遍，當晚忙到半夜入睡，第二波任務在十二小時之內也圓滿完成前半段，睡了一宿，第二天用過早點就再出發，送小叔父子到機場返金參與家廟奠安活動去啦。一日之內馬不停蹄，小叔父子行程匆匆，我這瓏山林飯店也是業務興隆啊！瓏山林飯店二十四小時順利通過第二波考驗。

瓏山林飯店第三趟任務最是倉促緊張，小叔剛從雅加達飛臺北、臺北飛金門，原本還要回臺北再飛日本洽商生意，時程上較為舒緩；結果為了和日本客戶提前在高雄碰面，臨時由金門先飛高雄，在飯店住一宿，第二天談完生意就改搭高鐵北上了。那一天是十二月三十一日星期四，我上午有課，中午接獲通知，午飯都沒時間吃，一邊趕辦公事，處理完畢電腦關機，一邊聯絡支援尋求幫助，然後一點鐘先開車出去採辦蔬果餐點食材，繞了一圈回家兩點整，換計程車到臺北車站，正好趕上兩點四十到站的高鐵，順利接小叔父子回到家，Just Make 一切配合得剛剛好。回到家，溫馨款待自不在話下，瓏山林飯店的服務品質控管，素來可講求熱誠與精準周到哩。

瓏山林飯店應接不暇

瓏山林飯店第四趟任務是元旦一月一日大寶女兒和她的朋友港元回臺，自家人還是要有溫馨接送情與誠摯歡迎的，溫暖的被褥與整潔的房間只是基本要件，熱呼呼的餐飲與微笑展臂相迎才是重點。畢竟瓏山林飯店業務實在繁忙，應接不暇，為了同時送小叔父子返回雅加達，大寶女兒朋友港元的來回北高，送人到高鐵站搭車，就徵調新手駕駛黃小皮當司機啦。（後來得知，送客回程竟上演臺北迷航記，我也只好苦笑以對。）

接著第五趟任務，要送小叔父子返回雅加達，機場緊急大作戰，就十分驚險刺激啦。原本是一月四日的班機，為了提早回去上課上班，臨時改為一月二日早上的班機，經過幾度折衝協調，臺北航空公司承諾機場付差額改商務艙OK，結果我們一行人到桃園機場才發現差額竟高達臺幣五萬元，比來回三趟臺北雅加達價更高！小叔堅持不可浪費，要另行設法。於是我們在機場手機打不停，聯絡熟識的部會業務公關、航空公司高層、旅行社代辦，從臺北到新加坡、雅加達，最後由小叔店裡夥計到雅加達旅行社，現場補上兩百美元差額，改搭下午一點的飛機，總算順利回到雅加達。半天的機場滯留，還好沒成人球，上演另一齣機場情緣。

瓏山林飯店第六趟任務，是送走小叔父子，隔天公婆就返臺，婆婆要就醫檢查身體的醫療之旅。我老早就已連絡好醫療事宜，那四五天就醫院家裡兩頭跑，打理三餐蔬果之餘，陪著關心檢查進度，還利用機會順便大家都看看醫生，許多醫療諮詢與治療也一併處理，包括公公檢查攝護腺、看皮膚科，我看耳鼻喉科扁桃腺等等，老天庇佑，我們診治結果一切都還安好，令人放心。看完醫生回家休息，盤桓兩天公婆就要打道回府，又要送機，瓏山林飯店就準備暫時打烊啦。

大寶女兒回來，不到兩周，期間看醫生、燙頭髮、買衣服、會親友等等，家裡請客人進人出，直到一月十二日大寶返美，房間又淨空，瓏山林飯店才真正暫時打烊，恢復平常作息，準備過年的大戲上演。

瓏山林飯店的小狀況

當然，連日的奔忙，旅客進出之際，瓏山林飯店也是有小狀況，需要應變的。公婆回金門期間，小叔父子回來，我換洗床罩寢具，一時間太貪心，把床單床罩枕頭套被套全部一次一鍋洗，結果載重十一公斤的洗衣機被我洗爆了！那洗衣槽邊緣的塑鋼都因熱融而銷蝕，無法注入軟衣精與漂白劑。唉！看著才汰換半年的新洗衣機，竟被我粗魯對待，實在很抱歉，趕緊聯絡熟悉的店家，經向原廠報修，還好不久就換個新配件了。到府維修的技師說，很多人會操作不當，但洗衣槽邊緣塑鋼融蝕的可是首見，他看塑鋼上有紅色殘痕，猜測被套一定有破損，我回頭檢視才發現赭紅色的絲質床罩真的勾破報銷啦！不過慶幸的是，洗衣槽邊緣塑鋼更換只花費四百五十元，就又還我一個全新的洗衣機啦。

綜觀這短期之內，先生身在軍旅，小皮小多雖在家幫忙也不大，幾乎是一人公司的瓏山林飯店，同時間有三波旅客出入進駐交錯，送往迎來吃喝行程起居照料業務興隆，真可說是應接不暇，我給自己打成績，業績應該算可觀吧。至少公公婆婆與小叔侄兒和自家女兒，全都沒有任何投訴，且有笑容回饋，這就是好成績啦！不是嗎？祝我瓏山林飯店駿業長發，四海亨通。

將軍退伍，回家洗廁所！

退休退伍何處去？當然是「回家」！世界上最溫暖的，不是被窩，而是親人的懷抱；世界上最安全的，不是港灣，而是親人的臂膀。不是嗎？離開拚搏、打滾、奮戰大半生的職場，打道回府，回歸家庭，能有親人展臂歡迎的，最是福氣。

我家先生今夏脫下穿了四十一年的軍服，解甲歸田，隨即送回許多駐紮部隊的個人書籍用品等，箱箱籠籠總計數十件，把家裡起居室推積有如「棧間」，費時近月才疏散清理完竣。可我看這數十載軍旅生涯戛然而止，歲月悠忽，囤積的有形物品好清理，無用之物皆可棄，而那無形的心理才更需要調適，耐心轉念將養啊。

日前我家菜鳥榮民認識的友邦將領伉儷來訪，他剛退伍兩週，說他一退伍即連犯兩個錯誤：先是回家翌日要出門，一坐上車好久卻發現車子不會動，原來他老兄端坐長官後座，沒人開車！接著他要太太來開車，然後又習慣地在車上一邊吩咐交辦事項，你去找某人某人來做什麼什麼的，太太沒好氣的回他，某人某人都不歸你管，你已經退伍啦！哈，剛退伍，還沒回過神來，難免啊，我家榮民弟兄退伍兩個月，說夢話也還在「交辦指裁事項」哩。

我家菜鳥榮民卸下官階「歸鄉報到」，還好家裡有個秘書總管、兼傳令駕駛的老婆我可供差遣，食衣住行育樂全包，管吃管住，還陪他融入社會、回歸家庭。試想，曾經叱吒風雲、指揮千軍萬馬的「Somebody」，現在成了「Nobody」，當然需要由早幾年退休的老婆大人我來「陪伴訓練兼輔導」囉。

退伍榮民安頓生活是第一步：功在家國，一生戎馬的榮民弟兄回家了，豈能在家裡連張桌子也無？起居室的箱籠書籍衣物整理乾淨之後，才發現餐桌要用餐，孩子們的書桌不能讓，就大方讓出我那起居室一角的小桌子吧。桌面清出來，榮民弟兄讀書寫作有地方了；抽屜清出來，雜物資料也有了歸宿；起居室邊上擺著健身腳踏車，雨天運動也有了去處；臥室衣櫥整理過，汰除分類收藏，一切都就定位了。

生活秩序安頓停妥，其次就是融入社會：以前他身羈軍旅，我管家、管帳、管孩子，現在他回家了，我自動讓出家中「指揮權」。我先帶菜鳥榮民到銀行，讓他自己辦理開戶、轉帳、匯款、存提款，經濟大權自主；又帶他到醫院，讓他自己排隊掛號、候診、領藥、驗血、看報告，注意到健康維護；然後還兩口組一起上市場、逛賣場採買，一起跑紅白帖應酬，更一起偷閒到礁溪泡裸湯！啊，真實的生命，就是在醫院捱著耗時等待又等待、在溫泉池裡裸裎放鬆又自在、在大賣場試吃嘗鮮跟著搶購鮮奶，磨磨蹭蹭地在人群中體會庶民生活，這才真是尋常百姓享受生命哪。

其實榮民「歸鄉報到」也是有適應磨合期的，只是要磨合的反倒是「我」！七年前我從學校退休，曾立下三個目標：健康美麗、學習成長、回饋奉獻。所以，我安排了太極拳與書法課的學習，還結交醫師朋友、定期健檢，又到學校兼課、也當義工做公益。一直以來，日子過得充實又忙碌，現在家裡多個退伍榮民，生活秩序反倒是我要調整適應了。阿兵哥習慣早起，五點半出門運動，早餐簡單好處理；阿兵哥中餐都是十一點半就開飯，飯後早早午休去；晚餐也要定時定量有規律；就這樣我這家中的「伙夫兵」就「兵隨將轉」跟著改變啦。然後，阿兵哥每日運動後盥洗、沐浴沖涼換洗衣物都在三五套以上，雖是洗衣機洗的，但我要晾曬、收納，外出的襯衫、西褲還要熨燙平整，於是我的家務份量自然增多，但畢竟榮民還是「有頭有臉」人士，退伍了顏面仍要顧及，這也是我的面子呀。

兩個多月過去，我們一切適應良好，深深體會退伍之後才是真正享受人生、享受生命的開始。一位前輩學長說得好，宦海起伏，離開江湖，**退伍後的生活一定要力行：「一個中心」，以健康為中心；「二個端點」，凡事瀟灑一點、豁達一點；「三個放下」，放下年齡、放下名利、放下恩怨；「四個守著」，守著老窩、守著老本、守著老友、守著老伴。**

這讓我想起南非曼德拉的名言：「**當我走出囚室，邁過通往自由的監獄大門時，我已經清楚，自己若不能把悲痛與怨恨留在身後，那麼我其實仍在獄中。**」確實，既已離開職場，過往的恩怨情仇、名利權位，全都是過眼雲煙，何必再自討沒趣、作繭自縛呢？退了，海闊天空，自由自在，快樂與否就掌握在自己手中。**心若計較，處處都是怨言；心若放寬，時時都是晴天。現在我們就天天高唱著：天天天藍。**

從中將變中將湯

二〇一三年終，Facebook上多了個日本玩意兒「自分新聞」，它會幫你把最受關注、回應最多的事件彙整、編輯出來，出版個人專屬的年度「自我新聞」。我的「自分新聞」頭條大事是：爸比「泡裸湯」，從中將變「中將湯」。這得從老爺子退伍說起：

猶記得，六月二十八日週五晚上八點三十分，我依爸比指示開著「大黑松」（我的RAV4黑色休旅車，老倆口專屬，暱稱大黑松），到國防部側門接爸比退伍：辦公室一個傳令小兵用小推車推著爸比的公事包、

小背包、一只公文紙袋、上面擱著軍帽，準時出來，我開後車廂門，上行李。傳令後面跟著走過來的是大將軍爸比，他上班到最後一天、最後一刻，部長宴請歡送結束後，自己一人步出國防部，站崗的兩名憲兵行禮如儀，爸比回禮，又拍拍憲兵與傳令肩頭，道聲：再見，加油。然後上車。下過雨的臺北，夜涼如水，地面漆黑如墨，我在一旁，就是新任駕駛兵，只問：回家？回家！得令。

在華府的大寶女兒看到我Line上傳的將軍退伍小推車照片說：「有點悲壯。」是嫌場面淒冷不夠熱鬧嗎？我說：清清白白、正正當當、腰桿挺直，俯仰無愧，這是光榮退伍，壯士解甲歸田，家人伸臂溫暖相迎，何需官式列隊歡送？女兒隨即回應：「這是我父親，我以他為榮、以他為傲！」只是，脫下軍服，退伍回家，適應尋常百姓生活，需經一番「改造」工程，融入社會。

貼心的小皮女兒送給爸比的退伍禮物是華碩觸控式筆電，還幫老爸設定網路信箱、開辦Facebook帳號，於是「黃埔」弟兄網路現身，與網路世界有了連結，網路朋友隨即成級數倍增，先從自家老婆孩子四人、一眨眼二十五人、六十人、兩百人、三百人、五百人、六百人，如今已接近八百人矣。有了Facebook黃埔弟兄瀏覽各家新聞、遊逛各網站動態、轉貼回應意見、甚至開筆寫起網誌，忙碌得很、也樂活自在得很。爸比加入網路世界，「進化」速度驚人：原先一日花費頗多時間轉貼多件圖文、正襟危坐如批閱公文回應網路意見、一指神功注音輸入常出錯又緩慢；不久逐漸熟悉網路虛實生態、轉貼回應適可而止、手寫輸入蒙恬筆操作自如、還改用iPhone手機聯繫拍照上網；近來iPhone4使用嫻熟又添iPhone5s、Facebook不夠還又加Line呢。看起來這退伍**「改造」工程第一課：進入網路世界，黃埔弟兄的科技進化是「太過成功」啦！**

網路電腦機器好操控，「人」就複雜多多，親子家庭、人際關係的重整，可就沒那麼容易操控了。爸比回家第一天，看到大學生小多兒子遲睡晏起、髮長覆額蓋耳，小皮女兒一室桌椅地面滿是書籍提袋紙張衣物，忍不住自耍幽默道：「從今兒起，家裡多了個監察委員，小多先去把頭髮理一理吧。」兒子立馬反嗆：「我的頭髮何時理自己會管！」女兒更畫地為王，房間是個人領域，不以為家裡有什麼監委存在的空間，於是退伍榮民老爸只好摸摸鼻子、先觀察家裡原有運作模式，再自行適應啦。

年輕人在家自有疆界，凜然不可侵犯，退伍老爸幸好有個老伴兒體恤：我把起居室的書桌讓給他，再找個位置供他打電腦，同時，起居室放著整排的書櫃、運動腳踏車、還有泡茶處，如此一來老爺子居家運動、閱讀、上網、休閒，在家「辦公」都有位置啦。於是，我用廚房做飯燒菜、到工作間洗衣燙衣，孩子各有書房臥室，一家人各就各位、相安無事，黃埔弟兄退伍**「改造」工程第二課：融入家庭，也算是「順利通過」啦！**

為期退伍後順利銜接轉職工作，儘早融入社會，老爺子認真參與「臺灣金融研訓院」的財務報表分析研習課程，一個半月時間上課聽講、閱讀講義參考書，還蒐集資料、研讀相關商業資訊、請教專業人士，研習證書可不虛得。另一方面，黃埔弟兄為轉職做足準備，同時也以「臺灣行腳」方式辦了好幾場「退伍宴」。

在臺北先從臺大國發所同學的小聚、大聚，接著官校四十五期同學的圓桌餐會，幾位長官的慰勉歡送宴、內湖芳鄰兄弟會、岳家至親家族團圓會、陸專同事袍澤手足會，到步校、國防部、總部小辦公室的家庭聚會，行程近乎滿檔，溫情也溢滿胸懷，點滴在心，只有「感動」可言。「退伍巡禮」環臺行，都依安排順利成行，只有一場因颱風，風雨成災淹水阻路，原訂下臺南因而折返。出了臺北，先到臺中探望廷川叔公，又參與臺中金門同鄉聚會，回軍團探望仍在職的弟兄；然後到南投鹿谷拜訪三十五年情誼的同袍老友紹淮，到雲林斗六與二十年前的一干海巡弟兄相聚，還到高雄鳳山拜望官校恩師並與師兄弟歡宴；在聚會中，彼此手相繫，心相連，感恩惜福互道珍重與祝福，「袍澤情深」真非筆墨所能形容！

退伍，還有事做，我們準備好再出發，家人就是最有力的後盾。袍澤弟兄親友情同家人，也真是家人，We Are Family啊。老爺子的「退伍宴」，親友、同學、不同時期的軍中袍澤，南南北北，一場又一場的親朋好友相聚相伴，真正感受到「家」的溫馨！熱情滿懷、溫馨相擁，確實陪伴就是大家的鼓勵慰勉、加油打氣與深深祝福的最佳「退伍贈禮」啊。黃埔弟兄退伍**「改造」工程第三課：重新出發，也算是「能量倍增」啦！**

說來好笑，黃埔弟兄故鄉在金門，也曾駐紮大金小金多年，熟悉金門各碉堡砲陣地，更對成功海岸駐防戰備坑道建築瞭若指掌，但卻從沒進過金門第一古洋樓，成功的「陳景蘭洋樓」！七月初方退伍，我陪黃埔弟兄回金門故鄉，他才六十年來「生平第一次」進入陳景蘭洋樓參觀。這實在更甚於大禹治水的三過家門而不入，不是好笑，而是讓人感慨又心疼，真真是太過忠誠盡責，難改造啦。

另一件也是黃埔弟兄「生平第一次」的創舉是「泡裸湯」！八月初，我們跟著三總醫師朋友的「兄弟會」一起到宜蘭郊遊，羅東新寮步道健行看瀑布、宜蘭在地創意美食嘗鮮、回程還到礁溪溫泉泡裸湯，第一次與好朋友真正「裸裎」相見，天寬地闊、白雲悠悠、溫泉熱活、完全放鬆、心情舒坦，真是通體暢快，過癮！初體驗之後，九月初，黃埔弟兄又拉我兩人行，自己再到礁溪，又泡一次裸湯！這不是「裸露上癮」，而是退伍之後，全然放下，才體會到的人生樂趣：自在。**退伍「改造」工程終於可以發畢業證書了**。

這就是我的二〇一三「自分新聞」頭條大事，爸比「泡裸湯」，從中將變「中將湯」的故事，大將軍退伍改造成功。

榮民退伍與曼德拉

暑假我家先生中將八年屆滿退伍了。許多人都說：可惜了，還年輕，而且才德兼具，可以再為國家多做點事呀。話語中惋惜有之，不平有之，更多的是讚譽肯定與鼓勵，我和先生感覺很溫暖，真的「足感心」——先生四十一年軍旅生涯，確實贏得尊敬，給自己打造了一張好品牌！

先生退伍前夕，我致電向遠在雅加達的公公稟報，公公兩度回電，要我轉達：「爸爸瞭解，沒有晉升上將，那是機運，就像總統只能有一人當選，我們能夠平安退伍，就很滿足了，不要在意。」老人家隨後又再電強調：「爸爸知道，奕炳幾十年來在軍中認真努力，

犧牲付出，壓力很大，現在退伍，大家都給我們很高評價，我們很滿足，這是光榮退伍。我們是光榮退伍。」這是一位將近九旬老父的殷殷關懷與叮嚀，我在電話一端聽得出公公為自己孩子有些不捨，有些遺憾，話語中略帶哽咽，有一絲激動，卻又要我鼓勵奕炳，或許也是安慰自己吧，聽到那再次重複而漸低的「光榮退伍」聲，我內心澎湃不已，感動莫名。

確實，「人死留名，虎死留皮」，每個人大約都想為自己的一生留下一個正面定位，一個美好身影或良好形象吧。但世事難料，偏偏就有人認真一世，結果最後一被提及的深刻印象，竟是「他老婆做菜送官邸，拍馬逢迎有一套」！想來那位權傾一時、位高權重的當事人，對留下此「既定形象」也只能徒呼負負，莫可奈何吧。

我很佩服已逾九十歲的南非曼德拉，他早已不管政事，但非洲人，歐亞紐澳人，乃至國際領導人，仍然津津樂道他的點點滴滴，他給世人留下的美好印象是：堅持和解、堅持寬恕，帶領南非建立自信、政權和平轉移。

曼德拉一生精彩，他帶領南非踏上信心之路，重新打造南非，同時也打造了自己的形象品牌。曼德拉的人生有什麼值得我們學習的？我想，第一：曼德拉為人處事的魅力，全都來自於**他的寬恕**、**大度養成的無私**，他說過：「恨」都是經過學習而來，如果他們能夠學習「恨」，也能夠學習「愛」，因為「愛」更自然，更接近人性。還有，第二：他從絢爛歸於平淡，**退休後豁達的人生態度**，也是值得崇敬與效法的，他不再過問政事，只專注於公益，修建偏鄉小學與幫助愛滋患者。真是了不起！相較之下，我們一個小小的退伍算得了什麼？「有為者亦若是」，稟賦、才具、修為、機運，大人大德大作為，小人物謹守分寸，為所當為，只有崇拜欽敬，高山仰止罷了。

附記：曼德拉（Nelson Rolihlahla Mandela），一九一八年出生，在二〇一三年十二月五日以九十五歲高齡在南非去世。曼德拉被譽為世界偉大的道德領導者與政治家，他是南非首位黑人總統，著名的反種族隔離革命家、政治家與慈善家，被視為南非國父。

黑襪子的堅持
——軍人形象的趣味觀察

嫁給阿兵哥至今三十多年，認識自家先生更長達四十個年頭了，長期接觸軍人這個特殊行業，我有近身的第一手觀察，堪自豪是軍人的「資深觀察員」了，更何況我還曾住過眷村數載，與眾多戎馬一生的老伯們做鄰居，這深入觀察的「樣本數」絕對不會因過少而失真的。

平日看阿兵哥或軍士官大爺們在工作中，戍守國疆、戰技訓練或軍事操演，總是威武雄壯、不苟言笑、既威風又神祕，予人凜然不可侵犯的形象。但事實上，身為「資深軍眷」，三十餘載的觀察所見，其實軍人的真實家居生活形象還頗多趣味呢！他們表面嚴肅，實則「鐵漢柔情」，個個都是凡夫俗子啊。

以我的私人觀察與體會，軍人卸下軍服後，在真實生活裡大抵有以下特性：

一、凡事守時，提早動員

軍人做任何事，一定按表操課，依照律定的計畫表執行，有一套標準作業流程，務必守時以掌握狀況。

以前住士林眷村時，垃圾車七點來收垃圾，一村子的老伯們六點三十分就在村子口集結了，從來沒人晚到追著垃圾車跑；有時和先生的袍澤會餐聚會，先生總要我提早到場，因為活動每每提早開始，長官也從不遲到，我們不可失禮；就連上次我去馬防部演講，軍方一個月前就開始緊密聯繫行程安排，當天到達演講會場，我方知四五百名聽眾一小時前就到齊，三十分鐘前早已就座完畢！守時，是軍人從工作中訓練出來的好習慣，以致生活、家庭也都準此行事，很有計畫，凡事守時，提早動員。

二、生活規律，酷愛運動

軍人的生活極其規律，每日從起床盥洗、定時用餐、工作操練、到早晚運動、休息睡眠，都有一定的時間與長度，像機械人一般固定，容易掌握。這規律化的生活養成了軍人守時之外，另一項好習慣：酷愛運動。

我現在居住的社區裡有許多過去眷村的老鄰居、老伯伯們，每日天不亮，就有一群群慢跑、健走、打拳、練功的人四處活動著；黃昏時，又有一波波散步、慢走、快走、健走的人在繞圈子、來回走；連夜深了，都還有人在社區中庭、花圃、廊下運動著，早晚的體能活動絕對不能省略。老伯們愛運動幾近成癡，似是一日不運動一日不休息，而且個個抬頭挺胸、挺直脊梁，夏天穿短衫，冬日著夾克，雨天就打傘，一定要汗濕衣衫才足夠。

軍人數十年定時、定量的運動，永世不移，社區裡七十多歲的陳爺爺和陳奶奶，每晚固定八點半開始夜晚散步走路一小時，只要在房間窗口看到他倆的身影，我就知道該準備洗澡上床了。陳爺爺每夜在窗口的出現，就和大哲學家康德每日下午四點散步，鄰居太太們看見康德就進屋子開始做晚餐一樣，有時鐘報時的作用。

三、單純癖好，堅持不變

軍人在工作圈往來的都是袍澤，長官部屬都是前後期學長學弟或同學，相較於商場的爾虞我詐，軍職是單純多了。但也因為單純，軍人多數秉性耿直坦率，直來直往，不會花言巧語，生活少花樣不複雜，一輩子單純的癖好，鮮少改變。

我看到的老伯們，即使退伍三十年都還照樣堅持「服儀整齊」：運動時穿著體育服裝，喝喜酒穿西裝，過年新春團拜穿長袍；固定三週理髮一次，髮型數十年不變，永不改變。老伯們最最堅持的是：阿兵哥的黑襪子，即使運動時穿著白褲子、白球鞋，也還照樣配上永遠的黑襪子！我家先生現仍在職，也是黑襪子的擁護者，一抽屜的襪子只有少數非黑，買新襪子「黑」就對了。

從黑襪子的堅持，到日常生活癖好的一成不變，阿兵哥習性是很容易掌握的。早餐有饅頭、假日吃牛肉麵、理髮剃平頭、逛街上大賣場、買衣服找固定店家、休假在家大掃除、每天七點一定打電話回家「安全回報」！我想：這麼多單純、不變的堅持，也是一種忠誠吧。

四、超大嗓門，古道熱腸

軍中待久了，耳濡目染之下，大概個個都會成了大嗓門，說起話來分貝高，震人耳膜，而且不分男女都熱心公益，不管你的事我的事，全都是他要幫忙參與的事。

軍人的超大嗓門，初聽之下以為是種威嚇，其實只是單純的大聲而已。以前住眷村，前後巷子、樓上樓下、對門斜鄰，哪家在打牌、哪家罵小孩，全都如臨其境，聲聲清晰。現在社區大樓裡，偶遇老伯們樹旁廊下的寒暄問好，或「國事論壇」，也都是聲聞數里，可以大家共聞。

大嗓親切之外，還關心公眾事務，頗講究紀律與效率。例如：社區的資源回收，老伯們送出來的廢紙舊報紙，一定一捆一捆扎得緊實方正如硬豆乾；誰家在樓梯間堆置雜物，必有大嗓來按門鈴立刻糾正；老人需要搭公車看病，就有老伯彙整公車時刻表，一一發送備用。

啊！想想能跟這麼一群憨厚、單純、忠貞、熱心的老伯結緣為鄰，真是有福氣，我也以「軍」為榮呢。下回當你見到有老先生穿著黑襪子白球鞋時，不要懷疑，他正是堅持黑襪子的退伍軍人，善良忠誠的一群啊。

附錄

汶浦黃氏的落番故事

廷講公十九世孫奕炳謹撰

故事緣起

小時候，「番屏」是一個非常非常遙遠的地方，「落番」大家耳熟能詳，卻是既神祕又充滿各種傳說的事。後來年歲漸長，終於瞭解落番並非如想像中美好，而是充滿血淚與辛酸。

是啊！若不是情勢所迫、非不得已，誰願意冒著「六亡三在一回頭」的危險，遠渡重洋、拋妻別子，離開溫馨的家園，到一個語言不通、疫癘流行的他鄉異地，從事既粗重、危險且待遇微薄的工作？

在金門，到處都有出洋謀生的人，更有著許多落番的傳奇和悽愴故事。我們家族紮根在紅土地貧瘠困苦的金門蕞爾海島，自然也不例外。自明清以來，就有先人為了家庭生計，遠離家鄉，到臺灣、澎湖、星馬及印尼……等地去拚搏，迄今在臺灣及東南亞的族人，恐數倍於家鄉。

在歷史的長河裡，凡走過必留下痕跡，身為後嗣，我們必須謙卑面對先人前仆後繼、奮戰不懈的血淚歷史，才能鼓舞血管裡「冒險犯難、百折不撓」的基因，勇敢走出溫馨的家園，迎接外界各種風雨與挑戰，再創宗族的榮光。

現在，就讓我們重溫歷史、回顧一下汶浦黃氏祖先落番的故事吧！

苦難與機會並存的年代——落番的時空背景

在中國大陸，福建的地理特性是山地、丘陵綿亙，面積幾佔百分之八十以上，有限的平原受到河流切割，可以耕種的土地相對較少，故有所謂「八山一水一分田」之稱。而位在九龍江口外的金門，一百五十平方公里的蕞爾小島，幅員狹窄，土地貧瘠，島嶼的砂質土壤無法種稻，於是芋頭、蕃薯、花生、高粱、麥子成為主要農作，蕃薯便是金門艱苦歲月裡人們的為主食。

《金門縣志》記載：「島地斥鹵而瘠，田不足耕，近山者多耕，近海者耕而兼漁。水田稀少，所耕者皆磽角山園，栽種雜糧、番薯、落花生、大豆，且常苦旱歉登。」其謀生之條件，較諸大陸內地，更為艱困與不足，也因此激發金門人向外發展、力爭上游的奮鬥意志和努力。

明清兩代，因沿海頻遭海盜倭寇侵擾或政治對抗，而長時間實施海禁，甚至「寸板不得入海」。明朝洪武帝曾下旨，嚴令福建、廣東沿海及澎湖等三十六個島嶼的居民，三日內遷移大陸，凡有逾時，即予處死。清朝初年，因明鄭之抗衡，通海之禁更加嚴厲，初以徙民棄地，繼而沿海劃界，田宅村社通通遭到焚燒毀棄，百姓失業流離，生計更受嚴重影響。鴉片戰爭以後，外患頻仍，民生尤加困苦。金門位居閩南沿海，自然無法置身於大環境之外，加以地處九龍江口，南連百粵，北接三吳，為閩臺鎖鑰，泉漳門戶，扼控廈門出入航道，自古為海疆重鎮、兵家必爭之地，是以，鄉親遭受戰火之禍害尤其頻仍而酷烈。根據信而有徵的歷史記載，金門自元朝末年起，即遭兵災、海寇、倭奴及盜賊等戕害，又歷明洪武，清順治（十九年）、康熙（二、十七年）等多次內徙、遷界之顛沛流離。因此，鄉人或避戰亂、賊寇，或為謀生、出路，唯有冒險犯難，遠走他鄉，梯山航海，弧矢四方，斬棘披荊，經營萬里。

金門鄉親向海外發展，歷史悠久。但到底是開始於何時？初往何地？由何人開始？有不同的說法，文獻的記錄也付之闕如。就縣志上的記載，鄉民較大規模的出洋，大概有以下幾個時期：

一、明代嘉靖、隆慶以後（一五二二至一五六七）

此期間，倭寇大致已經掃平，海上的治安良好，福建沿海與安南、暹羅、呂宋、婆羅洲、爪哇等地交通頻繁，且金門毗鄰泉州外貿大港，有利於鄉親經營商業航運，遠涉重洋。這可由南洋物產，如番薯、貝多羅花等，明時即已移植金門加以證明。

二、南明、清初時期（一六二六至一六六五）

此期間，顏思齊、鄭芝龍縱橫海上，金門人之往來澎湖、臺灣、日本者，絡繹不絕。清兵入關，鄭成功抗清以金廈為根據地（一六四七至一六六五），其後隨其東渡開闢臺澎者固多，然因干戈擾攘、頻年不靖，加以清廷焚屋毀城、強迫剃髮結辮，鄉親不願屈從事仇，而遠避南洋的人也很多。

三、清道光二十二年（一八四二）以後

鴉片戰爭，清廷戰敗，於道光二十二年八月二十九日與英國簽訂《南京條約》，海禁大開，廈門為五口通商口岸之一，金廈近在咫尺，金門鄉親由此出洋，更加便捷，加以此時歐洲帝國主義開發殖民地，而需大量引進華工，此一期間到南洋之鄉親大增，判係大規模「落番」的濫觴與主幹。此後又可區分幾個階段：

（一）同治年間（一八六二至一八七四）

此期間，浯島災害頻仍，連年荒歉，很多人都被餓死。於是南渡尋求活路，這是為災荒所迫的一次大規模移民潮。

（二）民初時期（民國一至十八年，一九一二至一九二九）

南洋群島商業發展，有如日麗中天，而國內則因革命初成，民國草創，政治建設、地方治安，大多不上軌道，盜賊蜂起，搶劫殺人時有所聞，鄉親既感不安，加上南洋相較易於謀生，當時出入國門與南洋簡便、自由，交通便利，此為

金門又一次的大量移殖海外風潮。考諸人口紀錄，民國四年，金門人口總數為七萬九千三百五十七人。至民國十八年，僅剩四萬九千六百五十人，銳減幾近百分之四十，可知當時落番風起雲湧之概況。

（三）抗戰時期（民國二十六至三十四年，一九三七至一九四五）

此時期，七七事變，抗戰軍興。十月，金門不幸淪陷，鄉親為恐遭受日寇之鐵蹄蹂躪，多相率逃難，扶老攜幼，輾轉而避走南洋的人非常多，概達萬人以上，全縣總人口數由抗戰前的五萬餘人，到日據時代僅剩三萬六千餘人。

（四）抗戰勝利後（民國三十四至三十八年，一九四五至一九四九）

此時期，國共內戰，國內局勢動盪不安，加以經濟蕭條、民生困苦不堪，亦有此時下南洋者。迄國府播遷到臺澎金馬，國軍進駐金門島群，金廈交通中斷，接著政府明令金門男丁禁止出境，此後，除少數南下依親的女眷外，幾無落番謀生者，金門鄉親避戰禍則轉往臺灣。

宗族血淚傷痕——汶浦的落番故事

金門落番的時空背景，苦難與機會並存，拚搏和血淚交織。而我們汶浦宗族所面對的又是何種環境？祖先們是如何以智慧、體力和意志，克服艱險困難，在番邦紮根求生？個人斷斷續續花了幾個月時間，研讀《浯洲汶水華房黃氏族譜稿》，譜稿記載簡略，但頻繁出現的「往番亡」、「死在番」、「往番邦而亡」以及「外出、下落不明」……等記事，仍讓我深深感受到：近兩百年來，宗族先人前仆後繼、向外拓殖的艱辛與努力，血跡斑斑，令人動容。

個人為瞭解汶浦宗族落番概況，不厭其煩，將譜稿所載各房柱、世代的落番（遷臺）狀況，摘錄統計並綜合分析，唯因原始記載內容簡略，且值時代動亂、失連者眾，故所述恐掛一漏萬、甚難周全，實有待前輩暨高明者之指導，俾能匡補闕遺。

我汶水華房，由廷講公以下派衍計有六房，其中三、五房移居大陸，其餘各房散居金門東半島，族譜稿記載者亦以此為主。至於本文的敘述，也以西元一九四九年以前落番（遷臺）者為限，其後暨嗣後於僑居地蕃衍者，則不予列入，如有疏漏，請不吝賜告，俾利補正。

橫渡臺海黑水溝

就族譜所錄，我華房五世祖（概於明代正德至嘉靖年間，一九〇六至一九五五）之前，並無落番（遷臺）之記載，判係當時倭寇橫行，海禁未除，出海有其困難。

六、七世祖開始遷臺，應係時值嘉靖後期、隆慶時代（一五六七至一五七二），倭患稍緩、海上平靜所致，至於為何徙居者係「品德完人」逸叟公之次子子之公偕其弟池使公，與當時嚴嵩、嚴世番禍國，政治腐敗，是否有關？譜稿並無交代。

八、九、十世祖，概為明末清初，此時海禁嚴峻，除九世祖甫覺公及其次子瑯鄉公遷澎湖並葬於該地，十世祖標卿公遷臺灣犁頭山外，無外移記錄，與縣志之記載顯有出入，是否因避禍忌諱略而不記，不得而知。

遷臺之舉，自十一世祖風雲再起，到十二世到達高峰，且不乏「盤眷」（帶著妻兒全家）、父子、兄弟及族人相攜同往者，就有限資料統計，十一世有六人，十二世十人（有七人盤眷），十三世八人，十四世九人，十五世五人，十六世以後即無記錄。推算此一期間，為康熙至道光年間，南明已經覆滅，海禁不如先前嚴厲，故先人大量渡黑水溝來臺拓展。遷臺地區，概在西部且近河口、港灣附近，分布地區為臺灣北路（判係今之竹塹、後龍）、東都（判係今之彰化）、臺南安平、臺中梧棲、大安等地。

個人戍守苗中海防期間，往返各海邊據點視導，路經臨近海岸墓地，曾親見有黃姓逝者墓碑，碑額銘刻「金門」二字，面朝海峽。自忖其意，應係身死異地，無法歸葬故鄉，唯仍隔海眺望浯洲，以示懷念故里不忘其本。我深視良久，知是故鄉前輩，但未深究是否為族親先人也！

族親於前清遷臺，迄今恐均已開枝散葉，瓜瓞綿綿，而尚能與汶浦祖籍密切連繫，且其世系記載周詳者，應屬長房長二柱十四世超敬公派下。超敬公於道光年間（一八七八）率侄子良能公到臺中梧棲經商，落地生根，已成臺中地區旺族。十六世海泉公除行醫濟世，更以書法及工筆畫聞名於世，其所題「博愛」二字書法，為大英博物館所典藏，彌足珍貴，公曾親率子孫返金尋根謁祖，惜於民國八十三年（一九九四）以九十八高齡仙逝，然其名望仍為世人所傳誦，子孫亦皆卓然有成。

遠涉重洋落番

汶浦族親落番，肇始於何年何代，甚難查考。據族譜稿之最早記錄，係第十三世宣魯公攜長子獺公赴星洲，判其年代應為清道光二十二年之後（一八四三），此時正值五口通商，海禁大開。此後百年，族親先人遠涉南海重洋落番者，絡繹於途，有記錄者，就人數計，第十四世十一人，十五世二十五人，十六世二十一人，而在十七、十八世達到高峰，分別為三十二及二十七人，十九世以後即銳減。就各房柱統計，以長長房四柱世燃公及長二房希賢公派下人數最多（均在五十人以上），其餘各房柱之紀錄人數均在十以下。唯就經驗法則觀察，在同一年代、環境之下，同一宗族各房落番人數，應不至於存在如此巨大落差，相關記載，顯有失真之虞。究其可能成因，係族譜記載，簡繁不一，部分房柱枝脈僅列先人名號，生卒日期及墓葬等傳統重要記事，均付之闕如，是否落番或出外，亦因年代久遠而難以查考；加以族譜人資回饋，缺乏周延機制，撰述者僅能就其所知臚列，荒疏散失者眾，勢所難免。故百年來族親落番人數，合理推算，應該數倍於上述之統計。

就落番地區言，概略散布於星洲、印尼（婆羅洲、爪哇島、蘇門答臘）、暹羅（泰國）、馬來西亞、呂宋（菲律賓）以及日本等地，記錄中雖有逝世於東洋海心威（判係海參崴）及荷蘭者，應屬特例。各地區以印尼五十六人最多，次為星洲二十五人，其餘地區均在十以下。印尼又以前往峇眼及石叻班讓人數最多。唯族譜僅記錄「往番邦」、「往南洋」、「外出」及「下落不明」者，人數眾多，故散布地區之分析，亦僅能見其概貌而已。

族譜之記載雖然簡略，但深入研讀，仍有諸多令人悽愴鼻酸之案例。如其中紀錄：「十四世超把於嘉慶十六年，在東洋仁浦往乍浦，與陶叔之子網同行東洋，船沈而亡。」此乃長長房三柱堂兄弟一起赴日本謀生，卻不意同時因船難而猝逝，以當時的通信條件，屍骨無存的消息傳至家鄉，恐怕已經是幾個月之後。兩個年輕有為、家族倚為股肱的至親，遽然喪生，所失去的，已經不只是家鄉父老婦孺的生計依靠，更是改變家庭生活環境希望的幻滅，哀傷逾恆、錐心泣血的，何止是兩家人？想必是宗族均為之震撼。超把公與網公旅日，早於王國珍、王敬祥父子（山後珠海堂建構者）赴日約五十餘年，命運何其不同，令人扼腕。

另一案例，則係司馬雄公派下第十五世良援公暨其弟良平公（係十四世超堯公僅有的兩個兒子）落番，於同日同時同一地點猝逝。族譜對二人逝世之記載，幾乎完全雷同：「卒咸豐十一年辛酉（一八六一）十一月二十一日巳時，死在實叻中江。」渠等是工作中不慎發生意外嗎？還是被排外的當地人所殺？何以至此已不可知。唯援、平二公去世時，分別年僅三十歲與二十二歲，家鄉僅有寡母陳氏（一八〇九至一八九五）一人，其如何承受同時喪失二子、孤苦無依度過長達三十四年的漫漫餘年？時隔久遠，已無法得知。但自己年幼時，在家鄉經常可見諸多丈夫或子女落番未歸的孤獨老嫗，獨守傾圮家園，在無依無靠中終老，據此想像陳氏祖婆當年之遭遇，亦足令人哀痛與同情。

當年落番之先人，大多為四十歲以下的盛年，故其頓挫或英年早逝，尤讓人痛心、扼腕與不捨。在族譜中，有著太多不幸的記錄，令人不忍卒睹，諸如：「往星洲亡」、「死在星洲」、「往叻亡」、「外出早亡」、「往番而亡」、「在夷歸天」、「早亡於外夷」……，更有「外出無歸」、「出外不知去向」、「下落不明」……等等，不一而足。其中不乏兄弟、堂兄弟同時落番而不知所終者。在番屏有所成就，能回饋家鄉者，固不乏其人；但更多的，恐怕是一事無成、近鄉情怯而流落在外，獨留年邁雙親及妻兒，在家鄉苦苦等待。族譜曾有一段記載：第十六世乒公「未娶往番，經營三十餘年，尚積萬餘金，不久卒於番，萬餘金無一歸家。」衣錦還鄉是所有落番先人的心願，有所成而客死他鄉，恐怕才是最大的遺憾吧！展讀族譜，心情沉重。

從「慶餘居」到「思源第」——家族落番往事

在汶水華房宗族，我們係屬長長房四柱司馬雄公（名世燃，字甫燃）派下裔孫。自雄公歷傳漢軻公、士槐公、允道公、宣瑤公、金針公，傳至第十五世，就是我們的高祖父良踏公。

良踏公有三個兄弟，長兄良彭（「彭」字上須加厂部）失記，良踏公與弟弟良研公同往印尼蘇門答臘上的石叻班讓（Selat Panjang）謀生創業，逝世後亦長眠該地。二公落番後，努力奮鬥，終有小成，乃於清同治五年（一八六六）集資匯款返金，買地起造「慶餘居」，也就是我們在汶浦水岸縈湖畔的舊家雙落老宅子。

先高祖良踏公堅毅果敢、忠實勤勉。生有六子，依序為長勝公、熙有公、長壽公、長財公及長金公，諸子除熙有公早殤，其餘皆追隨踏公在印尼之亞沙漠、峇眼……等地發展。先曾祖父長勝公，原亦落番於峇眼經商，晚年返回故鄉，仙逝後葬於金沙龍鳳山。長勝公育有六子二女，大多隨其外出南洋謀生，迄今各房後裔族親散布印尼、新加坡各地，枝繁葉茂，落地生根，各有所成。

高叔祖良研公（一八六〇至一八八二）聰明智慧過人，勤奮儉樸，經商有成，惜膝下猶虛，良踏公遂以三子熙有公出繼。熙有公敏而好學、謙遜有禮，凡事均有過人見地，在宗族鄉里間頗有好評，惜英年早逝，令人扼腕。根據族譜之記載：「（熙有公）幼時在家鄉研讀書文，至弱冠時，擬搭船前往尋良研公，承其事業，於途中不幸落海而亡。」此為家族當年之重大不幸，誠可哀痛！熙有公過世後，其長兄長勝公（我們的曾祖父）奉父命，以三子卓耆公（我們的祖父）繼其香煙，此即我們在家族列入良研公派下的原由。

此後，族親在南洋也並非一帆風順，而曾發生多件重大憾事。一件是：長勝公六子泰山公，在番屏早逝未娶，由其二兄卓池公長子克復公來繼。克復公旅居石馬丁宜，嗣與生母共同搭船赴異地，其母因行動失慎，發生危險，復公不顧本身肩扛重物，急往救援，不意竟被重物壓死，消息傳回唐山，家族為之震驚、哀慟不已。

另一件令人遺憾又沉痛的事件，則與東南亞的國際局勢有關。那就是一九六五年九月三十日印尼發生「九三〇流產政變」之後，蘇哈托開始長達五年的「清共運動」，引發大規模的排華事件，無數的華人同胞慘遭屠殺。最慘絕人寰的當屬「紅碗事件」。此一事件係一九六七年十月，印尼當局將西加里曼丹與馬來西亞交界處一片廣邈的地區劃為剿共「紅線區」，強迫居住其中的華人遷往山口洋、坤甸等都市。尤有甚者，印尼軍方散布謠言，指稱有九名大雅族（印尼高山原住民）長老被華人所殺，藉以挑起大雅人報仇雪恨的怒火。報仇心切的大雅人，在許多華人住屋前放置盛有雞血或狗血的紅色土碗，做為復仇的記號，任何大雅人見到紅碗，都有「責任」入屋將裡面的人趕盡殺絕，此一事件被殺的華人不計其數，某些被屠村的地方，「溝水都變成紅色」，足見其悲慘情狀。在這一事件中，我們在印尼的族人也受到波及，在北砎峇魯（Pekan Baru）的族親，包含卓彬叔公（汶浦黃卓彬洋樓起造人）的家人在內，諸多房屋被強佔，人員被殺害，幾可以「家破人亡」來形容，更別提被迫同化、入籍，割裂本身文化傳承的無奈與痛苦。

先祖父卓耆公，年少時也曾跟隨父兄落番，嗣後回轉家鄉結婚成家，與先祖母李看女士育有六子五女。民國十三、四年（一九二四、一九二五），迭遭長、次子猝逝之打擊，後生諸子又皆年幼，家中食指浩繁，雖家境極為艱困，已無法遠行謀生，更遑論落番發展！在鄉土貧瘠，農作不豐，又缺乏僑匯支助之狀況下，婦孺嗷嗷待哺，先祖父母含辛茹苦，率子女勤奮撐持度日，其痛苦與壓力可想而知矣！

民國三十三年（一九四四），先祖父棄養，次年抗戰勝利，吾家家境仍未改善。家二叔章掘公有鑑於「兄弟人多，如仍困守家鄉，終究不是辦法，出洋另謀出路，或能發展。」民國三十六年（一九四七）初，徵得先祖母及先父章歲公同意，委託在星洲經商之堂叔公卓清公代辦赴星文件，歷經數月獲得批准，效期六個月內必須成行。嗣奉母命：先結婚再出國，乃與湖前陳標治女士成婚，婚後不到一個月，即拜別寡母、新婚妻子及家人，隻身南下落番。落番後，初期於星洲餅乾工廠從事粗重工作，以及在石叻班讓堂伯父天成公店中學習經商技能，嗣後自立受雇擔任貨船「船主」（船長），往返廖內首府北研峇魯－望加麗－石叻班讓－新加坡等地，運銷土產及民生必需品，在勤奮經營下，業績蒸蒸日上。不料一九六二年，星馬印尼政治紛爭，諸國斷交停航，交通、貿易均告中止，只好另起爐灶，轉航印尼國內之爪哇－蘇島等港口，以維船務之正常運作。一九六五年後，掘公獨立創業，轉行於雅加達經營民生必需品買賣，並成立船務運輸公司，配運至石叻班讓、望加麗、北矸峇魯等地。其後，為免船隻運補受制於人，乃逐步自購船隻、建置造船（修理）廠，事業基礎逐漸穩固。如今各事業已逐步交由子女接手管理，克紹箕裘，守成有餘。

掘公於金門縣政府「僑鄉文化巡禮」專訪時，曾謙沖自稱：「個人年少辭別家鄉與親人，渡惡水、過南洋，數十年來，白手起家，雖有風風雨雨，幸得蒼天賜予謀生之路。吾畢生誠信篤實以營生，敬天法祖，不敢忘懷道德仁義，特別感謝先人祖德庇佑，父母之慈善庇蔭，終能使我在印尼有立足之地，對金門故土鄉親之激勵與感召，感恩不盡，無以言表！」故斥資於汶浦故里建造「思源第」，略表飲水思源、不忘祖德宗功之意，且於起造構思之初，即再三提示：房舍建築，務期堅固耐用、簡單低調且樸實無華，以應合「慶餘居」先人勤奮儉樸之遺訓。

思源感恩，效法前賢

緬懷歷代先人為了家族的生存發展，冒險犯難，犧牲奉獻，無論成功或失敗，都深值我們景仰和效法。回顧祖先落番的故事，令人感動與感傷，也更明確的讓我們認知：構建「思源第」的目的，絕對不是衣錦還鄉的炫耀，更不是為了個人的享受與舒適，而是希望藉由這一棟實體的建築和家族故事文物的展示，告訴家鄉的子弟，莫忘祖先「落番」或遠走海外奮鬥，堅苦卓絕、努力不懈的精神和貢獻，見賢思齊，「青出於藍而勝於藍」，勇於向外發展，敢於放眼世界拚鬥，為故鄉與家族爭光；我們也希望藉此為目前身處南洋、臺灣、大陸，以及世界各地的族人，樹立一個磁極中心，讓大家精神有所依歸，世世代代都瞭解飲水思源，認知根在浯洲、源在汶浦，先祖坟塋在泉州、金柄，血緣的原鄉在大陸；皆能緬懷祖德宗功、惜福感恩，使所有族人都可團結一心，不致因時空改變、世代遞嬗及環境的變遷而崩解離散。飲水思源不忘本，即是吾人初衷！

Do人物48　PC0550

落番與軍眷

——陸軍副司令黃奕炳的金門故事

作　　者／黃奕炳、王素真

責任編輯／陳佳怡

圖文排版／楊家齊

封面設計／蔡瑋筠

出版策劃／獨立作家

發 行 人／宋政坤

法律顧問／毛國樑　律師

製作發行／秀威資訊科技股份有限公司

地址：114 台北市內湖區瑞光路76巷65號1樓

電話：+886-2-2796-3638　傳真：+886-2-2796-1377

服務信箱：service@showwe.com.tw

展售門市／國家書店【松江門市】

地址：104 台北市中山區松江路209號1樓

電話：+886-2-2518-0207　傳真：+886-2-2518-0778

網路訂購／秀威網路書店：https://store.showwe.tw

國家網路書店：https://www.govbooks.com.tw

出版日期／2015年10月　BOD一版　**定價**／270元

獨立作家 Independent Author

寫自己的故事，唱自己的歌

落番與軍眷：陸軍副司令黃奕炳的金門故事 / 黃奕炳, 王素真合著. -- 一版. -- 臺北市：獨立作家, 2015.10
面；　公分
BOD版
ISBN 978-986-92127-5-5(平裝)

855　　104017545

國家圖書館出版品預行編目

讀者回函卡

感謝您購買本書，為提升服務品質，請填妥以下資料，將讀者回函卡直接寄回或傳真本公司，收到您的寶貴意見後，我們會收藏記錄及檢討，謝謝！

如您需要了解本公司最新出版書目、購書優惠或企劃活動，歡迎您上網查詢或下載相關資料：http:// www.showwe.com.tw

您購買的書名：____________________________________

出生日期：________年________月________日

學歷：□高中（含）以下　□大專　□研究所（含）以上

職業：□製造業　□金融業　□資訊業　□軍警　□傳播業　□自由業

□服務業　□公務員　□教職　□學生　□家管　□其它_____

購書地點：□網路書店　□實體書店　□書展　□郵購　□贈閱　□其他

您從何得知本書的消息？

□網路書店　□實體書店　□網路搜尋　□電子報　□書訊　□雜誌

□傳播媒體　□親友推薦　□網站推薦　□部落格　□其他__________

您對本書的評價：（請填代號　1.非常滿意　2.滿意　3.尚可　4.再改進）

封面設計____　版面編排____　內容____　文／譯筆____　價格____

讀完書後您覺得：

□很有收穫　□有收穫　□收穫不多　□沒收穫

對我們的建議：____________________________________

____

____

____

請貼
郵票

11466
台北市內湖區瑞光路 76 巷 65 號 1 樓
獨立作家讀者服務部 收

（請沿線對折寄回，謝謝！）

姓　　名：__________ 年齡：______ 性別：□女 □男

郵遞區號：□□□□□

地　　址：____________________

聯絡電話：(日) __________ (夜) __________

E-mail：____________________